ブリュンヒルデ

Der Stammbaum der Brünnhilde-Sage

――伝説の系譜

石川栄作

Eisaku Ishikawa

教育評論社

▲口絵１　ワルキューレとしてのブリュンヒルデ（アーサー・ラッカム、1910 年）

▲口絵 2　双子の兄ジークムントに死の宣告をするブリュンヒルデ（ガストン・ビュシエール、1893 年、個人蔵）

▲口絵３　ブリュンヒルデを 目覚めさせるジークフリート
（チャールズ・アーネスト・バトラー、1909 年、個人蔵）

▲口絵４　ワルキューレの嵐
（ヘルマン・ヘンドリッヒ、ニーベルンゲン・ホール蔵）

▲口絵 5　**眠っているブリュンヒルデ**（ヘルマン・ヘンドリッヒ、ニーベルンゲン・ホール蔵）

▲口絵 6　**ブリュンヒルデの目覚め**（ヘルマン・ヘンドリッヒ、ニーベルンゲン・ホール蔵）

ブリュンヒルデ——伝説の系譜

はじめに

ブリュンヒルデという名前を聞いて、最近流行《はやり》の漫画やゲームを別とすれば、まず多くの人が思い浮かべるのは、リヒャルト・ワーグナーの楽劇『ニーベルングの指環』のブリュンヒルデであろう。あるいは人によっては、ドイツ中世英雄叙事詩『ニーベルンゲンの歌』前編に登場するブリュンヒルトを思い描くかもしれない。この伝説上の人物名は時代と作品によって異なり、ワーグナー関係ではブリュンヒルデ（Brünnhilde）と表記し、それ以外では一般的にブリュンヒルト（Brünhild）と表記することになっている。「ブリュン」（Brün(n)のほかにBrunあるいはBrynと綴ることもある）とは、「甲冑《かっちゅう》」（Brünne,古代ドイツ語のbrunnīに由来）を意味し、「ヒルデあるいはヒルト」とは「戦い」（古代ドイツ語のhiltjaに由来）を表すが、いずれにしても「甲冑、鎧兜《よろいかぶと》」を身に着けて、勇敢に戦う女性を表す名前である。

ワーグナーの楽劇『ニーベルングの指環』四部作の第二作目『ワルキューレ』において、神々の長《おさ》ヴォータンの娘として登場するブリュンヒルデは、ワルキューレ（ワルWalは戦い、キューレküreは選び出された者）として戦場で倒れた英雄たちの魂をワルハラの城に運ぶ役目を担っている。ところが、三作目『ジークフリート』では長い眠りから目覚めると、神の身分を捨てて、愛する人間に生まれ変わり、英雄ジークフリートと愛で結ばれ、第四作目『神々の黄昏』ではジークフリート暗殺ののち、最終場面のいわゆる「自己犠牲」（ジークフリートの遺体を焼く炎の中に身を投じての殉死）によって世界に救いをもたらすという重要な役割を果たす人物である。

一方、『ニーベルンゲンの歌』では前編においてブリュンヒルトは北方（アイスランド）の国を治める女王として登場し、彼女に求婚する者は、「石投げ」「槍投げ」「幅飛び」の三種競技で彼女を打ち負かさなければならないという女豪傑である。名前のとおり、ブリュンヒルトは「戦う女豪傑の女王」である。

両作品に登場するこのような「女豪傑」のブリュンヒルデあるいはブリュンヒルトの原型は、いつの時代にまで遡るのであろうか。十三世紀初頭に成立した『ニーベルンゲンの歌』では五、六世紀にライン河畔ブルグント国を治めていた歴史上のグンター、ゲールノート、ギーゼルヘアの三人兄弟が登場することから、五、六世紀のゲルマン民族大移動時代にまで遡ると推定される。

その頃、当地ではブリュンヒルトも登場するニーベルンゲン伝説が歌謡のかたちで語り継がれていたと考えられる。「ニーベルンゲン」（Nibelungen）とは、「霧」（Nebel）の「一族」（-ungen）という意味で、具体的には財宝を奪い取った侏儒《こびと》一族を指し、その財宝所有のために呪いを受けて、最後には「霧のように儚《はかな》く滅びていく」一族のことである。そのことから『ニーベルンゲンの歌』のはじめではその財宝を所有していた侏儒一族をニーベルンゲン族と呼び、英雄ジークフリートが竜を倒して、洞穴でその財宝を見つけて所有者となると、ジークフリートの一族がニーベルンゲン族と呼ばれる。そののちにグンター王ら三人兄弟のブルグント族が、ジークフリートを暗殺してその財宝を手に入れてからは、グンター王らの一族がニーベルンゲン族と呼ばれている。ブルグント族は財宝を奪い取ったことから、やがて英雄ジークフリートの妻クリームヒルトの復讐により滅びていくのである。『ニーベルンゲンの歌』では財宝を所有する一族が、その財宝にかけられた呪いによって滅びていく運命にあることが分かる。

このような伝説が、ゲルマン民族大移動時代の戦闘の合間に宮廷広間において、語り手によって戦士たちに語られていたと推定される。それらの口承による数々の伝説が、九世紀以降にはヴァイキング等によってライン河畔から北欧へと伝えられて、その北欧の地では物語詩人たちによって新たにさまざまな物語が付け加えられながら、エッダ・サガのかたちで書き留められる。それらの歌謡のうちニーベルンゲン伝説に関して言えば、『歌謡エッダ』や『散文エッダ』あるいは『ヴォルスンガ・サガ』として現代にまで伝えられているのである。

それらの北欧のエッダ・サガとドイツの『ニーベルンゲンの歌』を付き合わせることで、五、六世紀にライン河畔を発祥地として生まれたニーベルンゲン伝説の原型も、ある程度正確に推定できるのである。

本書では、そのニーベルンゲン伝説の登場人物の中でもブリュンヒルトに焦点を合わせて、古代ゲルマン時代の原型から始めて、中世・近代を経て現代に至るまで、文字で残されている諸作品を用いて、その伝承作品の系譜を辿ることによって、ブリュンヒルト／ブリュンヒルデ像は時代とともにさまざまに変化していくことを明らかにする。またそのブリュンヒルデのさまざまな変化をワーグナーは楽劇『ニーベルングの指環』の中にすべて盛り込んで、奥行きの深い壮大なスケールの「指環物語」を創り上げていることを述べるとともに、「ブリュンヒルデの変容」にこそワーグナー楽劇『指環』四部作の特質があることをも明らかにしていくことにしたい。

目次

装丁・章扉デザイン＝川添英昭

〈各作品における主要人物名のカタカナ表記一覧〉

『ヴォルスンガ・サガ』	『ティードレクス・サガ』	『ニーベルンゲンの歌』	ワーグナー	現代一般表記
ブリュンヒルト	ブリュンヒルト	プリュンヒルト	ブリュンヒルデ	ブリュンヒルト
シグルズ	ジグルト	ジーフリト	ジークフリート	ジークフリート
グズルーン	グリームヒルト	クリエムヒルト	グートルーネ	クリームヒルト
オージン	登場しない	登場しない	ヴォータン	オーディン
グンナル	グンナル	グンター	グンター	グンター
ヘグニ	ヘグニ	ハゲネ	ハーゲン	ハーゲン
アトリ	アッティラ	エッツェル	登場しない	エッツェル

＊人名については、一覧表に示したように作品ごとの表記を用いる。

＊『ニーベルンゲンの歌』の中世ドイツ語の原文では一覧表のとおりであるが、本書では現代一般表記にしている。なお、その他の作品では登場人物名のカタカナ表記がこの一覧表と多少異なる場合もあることを付けて加えておく。

「ニーベルンゲン伝説の系譜」関連地図

第一章　古代ゲルマン時代の原型

第一節　二つのニーベルンゲン伝説の原型

ドイツ中世英雄叙事詩『ニーベルンゲンの歌』の成立史は、五、六世紀にライン河畔フランケンの領土で生成した英雄歌謡にまで遡る。その英雄歌謡はその後もかたちを変えながら伝承されていき、十三世紀初頭に現在のオーストリアで一詩人により英雄叙事詩の形式で書き上げられたのが、『ニーベルンゲンの歌』である。この叙事詩成立までにはさまざまな過程を経ているのであるが、その複雑な過程をある程度正確に明らかにしたのが、ドイツの研究者アンドレアス・ホイスラー（一八六五〜一九四〇）である。彼は著書『ニーベルンゲン伝説とニーベルンゲンの歌』（一九二一年）の中で左ページに掲載している「発展段階説」を打ち立てて、『ニーベルンゲンの歌』は五、六世紀にライン河畔で生まれた「ブリュンヒルト伝説」と「ブルグント伝説」にその源流があるとしている。『ニーベルンゲンの歌』の写本では前編と後編に分けられていないが、現在書籍によって刊行される際には前編と後編に分けられるのが慣例であり、この点においてもアンドレアス・ホイスラーの推定する、二つの伝説が最初にあり、その二つの伝説がいくつかの段階を経て、一つにまとめられたとする「発展段階説」は納得がいくものである。最初は口承によって語り継がれていったものであるから、その歌謡は常に流動的であったはずであり、実際にはホイスラーが推定したよりももっと複雑な過程を経たものと思

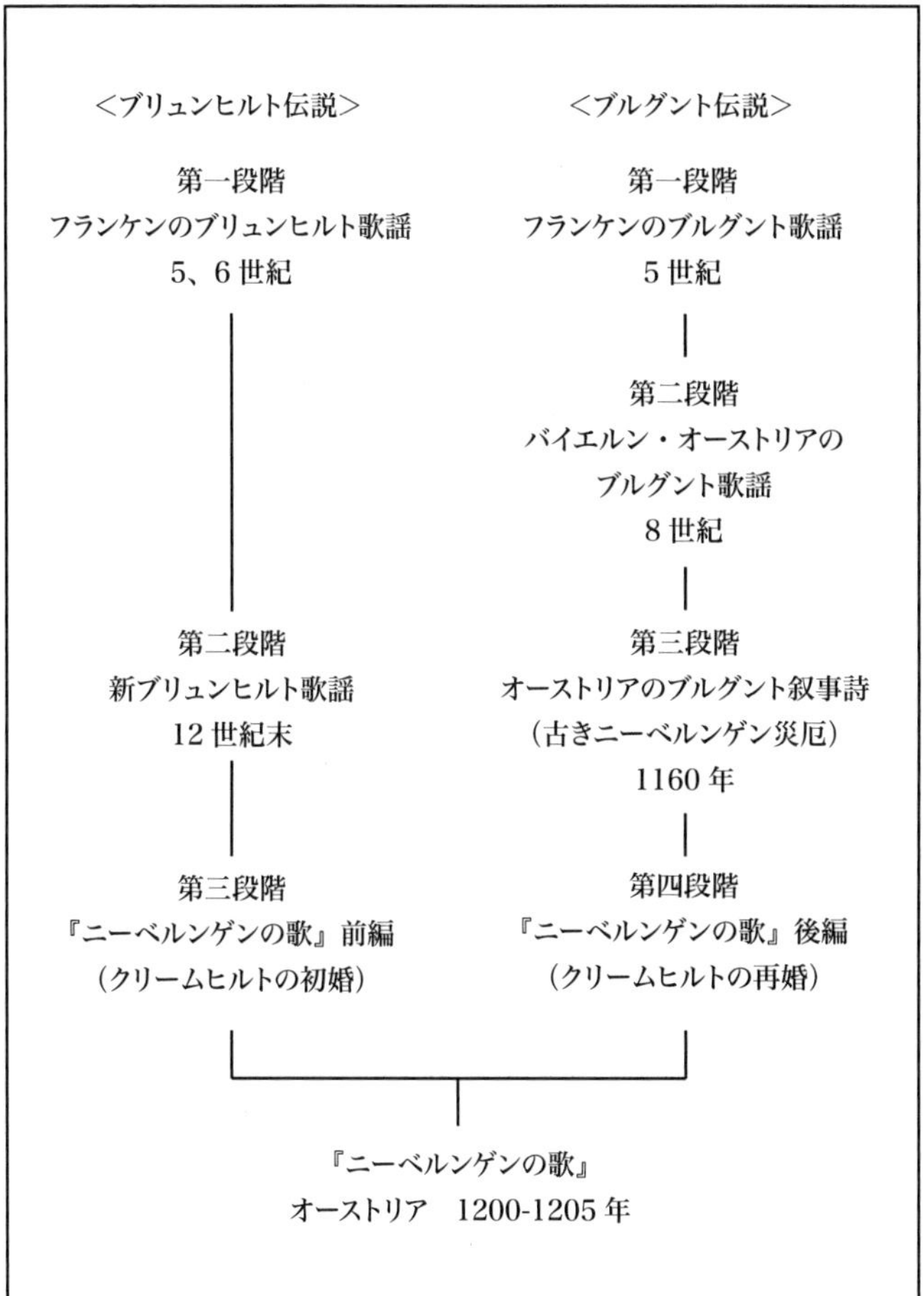

ホイスラーによる『ニーベルンゲンの歌』の系図（発展段階説）

われる。しかし、このホイスラーの「発展段階説」は『ニーベルンゲンの歌』の成立過程の縮図であり、一つのモデルとして一般に容認されてもよいのではないか。この「発展段階説」によって、大まかではあるが、ある程度正確に『ニーベルンゲンの歌』の成立過程を理解することができるのである。

ホイスラーの「発展段階説」については博士論文（九州大学一九九一年一月）以降、機会があるごとに述べてきたが、「ブリュンヒルトの変容」理解には必要不可欠なので、本書でも紹介することにしよう。なお、ニーベルンゲン伝説やジークフリートとの関係を述べる都合上、このように本書はこれまでの著書と重複する箇所もあることをお断りしておく。

1　ホイスラーによる「ブリュンヒルト伝説」の原型

それでは、まずホイスラーの推定する五、六世紀の原型は一体どのような内容だったのであろうか。五、六世紀に生まれたと推定される歌謡が、九世紀から十二世紀にかけてノルウェーやアイスランドに伝承されて『歌謡エッダ』のかたちで遺されているので、ホイスラーはそれらの歌謡から最古のかたちを推定することができるとして、まずは一つ目の「ブリュンヒルト伝説」の原型を次のように推定している。

ブリュンヒルト伝説の第一段階

ライン河畔ヴォルムスに居城を構えるブルグント国は、ギービヒェ一族の三人の兄弟たち――すなわちグンター、ギーゼルヘアそしてゴトマール――によって治められていた。三人にはグリームヒルト（のちの中世以降にはクリームヒルトと表記）という美しい妹がいて、武術の師匠として残虐なハーゲンが仕えていた。

ある日、彼らの宮廷に背丈の高い異国の英雄が逞《たくま》しい馬に乗ってやって来た。それはニーダーライン（ライン河下流）のジグムント王の息子ジークフリートであった。彼は孤児として荒野の中で、ある妖精の鍛冶屋のもとで成長し、恐ろしい竜を退治した際、竜の血を浴びて、両肩の間の一か所を除けば、傷つけられ得ないという不死身の英雄となった。彼はまた、父の遺産をめぐって争っていたアルプ（妖精）の領主たち、すなわち、ニーベルンゲン族を打ち倒し、その財宝を奪い取って、所有者となった。その財宝を彼は今馬に積んでいるのである。

ギービヒェ一族はその勇士を丁重に迎え入れ、彼と兄弟の誓いを交わして、彼を共同支配者とした。さらに三人兄弟は妹グリームヒルトを妻として彼に与えた。ジークフリートはこうして輝かしい英雄としてギービヒェ宮廷を支えた。

あるとき、勇敢な乙女ブリュンヒルト（ブリュンヒルドと表記することもあるが、本書ではブリュンヒルトに統一する）の噂が伝わってきた。彼女は遠い北方の島に君臨し、その城の周りには不思議な炎の壁があった。その炎の壁を乗り越えて彼女のもとに求婚してくる勇士だけに妻として従うという誓いを立てていた。グンターはこの女王に求婚することを望み、道を知り尽くしていたジークフリートに助力を頼んで、出かけることになった。

彼らは四人でライン河を下って、海に出た。ブリュンヒルトの城を取り囲んでいる炎の壁の前に立ったとき、グンターは馬に乗って炎を跳び越えようとしたが、馬は怯《おび》えて後ずさりする。ジークフリートは自分の馬を彼に与えたが、その馬でもグンターは前に進むことができない。そこでジークフリートが彼と姿を交換し、自分の馬に乗り、炎に向かって疾駆すると、炎はやがて消えた。

ジークフリートはブリュンヒルトの前に立つと、自らをギービヒェの息子グンターと名乗って、彼女に求婚した。彼女はためらった。なぜなら、この炎の壁を乗り越えられる者がいるとすれば、それはただ一人、竜を殺した英雄ジークフリート以外にはいないと思っていたからである。最初は拒否していたブリュンヒルトであったが、結婚の条件についての誓いを催促され、折れてグンターの妻となる挨拶をした。三夜、ジークフリートはグンターの姿で彼女のそばに寝たが、初夜はそのようにする風習だと言って、二人の間には抜き身の剣を置いていた（これは身体に触れないことを意味している）。四日目の朝、ジークフリートはブリュンヒルトの手から指輪を抜き取った。そのあと彼は伴《とも》のもとに戻り、再びグンターと姿を交換した。彼らはブリュンヒルトを伴ってヴォルムスに帰ると、婚礼の宴が催された。ジークフリートは指輪を妻グリームヒルトに与えて、これらの事情を話しておいた。

平穏な年月が過ぎていった。ところが、あるときブリュンヒルトとグリームヒルトがライン河で水浴びをしていたとき、ブリュンヒルトが上流に行ったことから、口論となった。まずブリュンヒルトが「私は気高い女性であり、私の夫グンターは第一の勇士です。夫グンターは炎を跳び越えたが、あなたの夫ジークフリートは森の猛獣とともに暮らし、鍛冶屋の下僕であった」と自慢すると、グリームヒルトは彼女の思い上がりを嘲《あざけ》って、「私の夫は竜を退治し、妖精の財宝をも獲得しました。さらに炎の壁を跳び越えて、あなたの指輪を奪い取ったのも私の夫ジークフリートです。あなたがその側《そば》女《め》になった男をどうして罵《ののし》ることができるのですか」と言い返して、証拠として指輪を見せた。ブリュンヒルトは蒼ざめて館に帰り、その晩は一言も口にしなかった。グンターが彼女と二人きりになって尋ねると、彼女は嘘を交《まじ》えてこう訴えた。「あなたがジークフリート

水辺での口論

に初夜の寝床を共にさせたとき、ジークフリートはあなたを裏切る行為をしました。私は一つの館に二人の夫を持ちたくありません。ジークフリートが死ぬか、それともあなたか私かのいずれかが死ななければなりません。」こう言って、ジークフリートの暗殺を要求したのである。

グンターは弟たちのもとに行き、兄弟の誓いを破ったことを理由として、ジークフリートを暗殺することを提案する。ギーゼルヘアは忠告して言う。「一人の女性にけしかけられてはなりません。ブリュンヒルトは妹を妬《ねた》んでいるのです。この国が安泰なのもジークフリートあってこそです。」すると、残虐なハーゲンが言葉をはさんで、「国王は私生児を養育するつもりなのか。ジークフリートがその息子とともに亡き者となれば、我々の上に立つ英雄はもはやいない。我々はニーベルンゲン財宝の持ち主ともなるのだ」と主張する。そこで三人の兄弟たちは同意し、ジークフリートとの兄弟の誓いに加わっていなかったハーゲンが暗殺の役目を引き受けた。そのうえハーゲンはジークフリートの背中の傷つく箇所を知っていたのである。

彼らはジークフリートと一緒に狩りを催し、五人全員で猪を追いかけた。狩りのあと喉が渇いたので、彼らは小川で水を飲むことにした。ジークフリートが水を飲もうとして腹這いになった瞬間、ハーゲンは槍をジークフリートの両肩の間に突き刺した。槍は心臓を貫き、ジークフリートは卑怯な裏切り者たちを呪いながら、また妻と子どものことを思いながら、息を引き取った。暗殺者たちは猪よりも強い獣を射止めたことを喜び、ジークフリートの遺体を運んで、夜になって帰宅し、グリームヒルトの寝床に投げ込むと、彼女はその血で目覚めて、悲鳴をあげる。広間にいたブリュンヒルトはその叫び声を聞くと、大きな声で笑った（この「高笑い」は以後伝統的なものとなる）。グリームヒルトは夫の兜と楯が打ち砕かれていなかったので、ただちに暗殺されたことを悟り、兄弟たちにそれを訴えるが、彼らは勝利の歓びに浸《ひた》って夜更けまで酒宴を張った。

翌朝、ブリュンヒルトは皆を自分の前に呼んで、泣きながら真相を打ち明けた。すなわち、「ジークフリートは、抜き身の剣で初夜の寝床を分けて、グンターに対して兄弟の誓いを忠実に守った。グンターの方こそ誓いを忘れていたのだ」と告白するや否や、「私の生は終わりました。欺きでもってあなた方は私を手に入れたのです。悪からは悪が生じたのです」と言って、ブリュンヒルトはすばやく剣を胸に突き刺して、自ら生命《いのち》を絶ってしまった。それを誰も止めることはできなかったのである。

以上のような内容のブリュンヒルト伝説が五、六

ジークフリートの暗殺

世紀にライン河畔フランケンの領土で生まれたと、アンドレアス・ホイスラーは推定するのであるが、このような伝説が生まれる背景にはどのような歴史的事実が関与していたのだろうか。残念ながら、断言できるものはないが、ただホイスラーはビザンチン帝国の歴史家プロコープ（五世紀末〜五六五年）の『ゴート戦争』（Ⅲ、一）に読み取られる史実を指摘している。それによると、五四〇年頃、ゴート族のある貴婦人が水浴中に王妃を侮辱したというものである。王妃は泣きながら夫のもとに戻り、復讐を要求する。国王はそのゴート族女性の夫を裏切り者として殺害したというものである。残念ながら、プロコープはそれらの人物の名前を挙げていないし、またこれは不死身の英雄ジークフリートのエピソードとは無関係の資料に過ぎず、いずれにしてもこの説の確証はない。

その後、フーゴー・クーンという研究者はこの伝説の素材としてメロヴィング王朝の出来事を挙げている。それは五七五年の出来事で、アウストラージエン（フランク王国の一部で現在のフランス北東部・ベルギー・ドイツ西部を含む地域）のジギベルトとその弟であるノイストリエン（フランク王国の西部領域）のヒルペリヒとの争いである。兄ジギベルトは西ゴート国王アタナギルトの娘ブルンヒルトと結婚していた。一方、弟ヒルペリヒ王はブルンヒルトの妹カイルスヴィンタを離別させて殺害したあと、フランケン出身の女性フレデグントを妻に迎えていた。両王妃は憎み合い、それが兄弟の戦いとなった。勝運は兄ジギベルトに味方し、弟ヒルペリヒは戦死を遂げた。この屈辱に対してヒルペリヒ王の寡婦《かふ》フレデグントは刺客を使ってジギベルト王を暗殺したというものである。しかし、このフーゴー・クーンの説も、たとえば、竜退治の英雄ジークフリートとはまったく関係のない資料に過ぎない。

またヴァルター・ハンゼンという元ジャーナリストの著述家も、『「ニーベルンゲンの歌」の英雄たち』（金井英一・小林俊明訳、一九九六年）の中で、アウストラージエンのジギベルト王の妻ブリュンヒルトとノイストリエンのヒルペリヒ王の妻フレデグントとの複雑な経過を辿る確執を中心にして、メロヴィング王朝の出来事をさらに詳しく調べ上げているが、このブリュンヒルトがニーベルンゲン伝説において北の島に君臨する女王としてのブリュンヒルトのモデルになったという確証はない。

このようにブリュンヒルト伝説に関しては、確証に足る歴史的事実を指摘するのは困難であるが、ただこのブリュンヒルト伝説はゲルマン民族大移動時代の厳しい生活条件の中から生まれてきたことだけは明らかである。ホイスラーも指摘しているように、この伝説は五八〇年頃に生まれた歌謡であり、夕方など従士たちが杯を交わしている間に、スコープと呼ばれる宮廷詩人たちが約十五分間の歌謡を朗読して聴かせたものであったろうと推測されよう。

いずれにしてもこのブリュンヒルト伝説の原型は当時の上流社会から純粋に考え出された魂の葛藤《かっとう》を内容としたもので、その内面的葛藤の悲劇的主人公がブリュンヒルトである。従って、グリームヒルトはここではまだ副主人公であり、彼女の役割はライン河の中での両王妃口論によって欺きを明らかにし、復讐を呼び起こすことだけである。

2　ホイスラーによる「ブルグント伝説」の原型

それでは、もう一つのブルグント伝説はどういう内容だったのであろうか。

本書は二つのうち主に最初の「ブリュンヒルト伝説」を取り扱うものであるが、もう一つの「ブルグント伝説」の方もニーベルンゲン伝説の全体を把握するためにはなくてはならないものなので、以下に二つ目の「ブルグント伝説」の原型をも紹介することにしよう。

ブルグント伝説の第一段階

ライン河畔ヴォルムスのブルグント国王たちは、英雄ジークフリートの未亡人で、彼らの妹であるグリームヒルトをフン族のエッツェル王と結婚させた。グリームヒルトはエッツェル王との間に二人の息子エルフェとオルテを儲《もう》けた。

ギービヒェ一族であるヴォルムスのブルグント国王たちは膨大な財宝を所有していた。それは英雄ジークフリートの死後に彼らの所有となったニーベルンゲンの財宝である。グンターとハーゲン（ハーゲンはここではギービヒェ族の三人とは異父兄弟であり、ある妖精と王妃の息子と考えられている）は、その財宝をライン河の川底に隠し、どちらかが生きている限りは、その隠し物のありかを秘密にしておこうという誓いを立てていた。

この財宝を手に入れたくてたまらないエッツェル王が、ヴォルムスに使者を送り、一族を自分の宮廷に招待した。使者はエッツェル王から広間で宴会（第一の宴会）の際に委託された饗宴への招待の言《こと》伝《づて》を伝えた。ハーゲンはエッツェル王の企みを見て取って、その招待に応じないよう忠告するが、グンターはその旅を恐れて出かけないで過ごすくらいなら、狼や熊にニーベルンゲンの遺産を委ねた方がよいと言ったあとで、ハーゲンを罵って、「お前はお前の父のように、とうてい英雄とは言えない妖精に似ている」と非難した。ハーゲンは怒りを爆発させて、その旅立ちに従った。

暗い予感に襲われながら国王ら四人は、少ない従者を連れて出かけた。彼らはライン河にさしかかった場所では、力強く船を漕《こ》いで河を越えた。河を渡り終えると、ハーゲンは船を河の流れに投じてしまう。ハーゲンは帰ることなどは考えていないのである。

フン族との国境で彼らは一人の眠っている戦士に出会った。その戦士はグリームヒルトが、彼女の兄弟たちにエッツェル王の企みに関して警告を伝えるために、使いに出していたのであるが、昼夜幾日も見張りを続けていたので、つい眠り込んでしまっていたのである。一行は国境を越えて、エッツェル王の城

エッツェル王

に到着すると、そこは武装者でいっぱいであった。グリームヒルトは兄弟たちに歩み寄って、フン族の陰謀を伝えた。

　グンター王らはフン族が催す酒宴（第二の宴会）の席に腰を下ろした。エッツェル王が財宝を要求すると、グンター王は拒否したので、戦いとなった。最初の突撃でグンターは捕えられ、ギーゼルヘアとゴトマールは従者たちとともに倒れた。ハーゲンは戦い続けたが、八人のフン族を倒したところで、彼も猿轡《さるぐつわ》をかまさて連行された。

　エッツェル王はグンターの前に歩み出て、財宝と引き換えに自分の命を助けたくはないかと尋ねる。しかし、グンターは、財宝の隠し場所を明かす前に、ハーゲンが死んだことを知らねばならないと答える。そこでエッツェルはハーゲンの心臓を切り取らせるように部下に命じた。ハーゲンは心臓を切り取られる間、勇敢にも笑いながらナイフに耐えた。グンターは弟ハーゲンの赤い心臓が深皿の上にのせられているのを見ると、こう言った。「わしは今初めてニーベルンゲン財宝の持ち主だ。ハーゲンはもはやいないのだから。秘密はわし一人だけしか知らない。黄金の指輪はライン河に沈めておこう。お前たちフン族の手に入って輝くことはあるまい！」

　そこでエッツェルはグンターを蛇の牢に投げ込ませた。妹グリームヒルトが差し出した竪琴をグンターは怯《ひる》むことなく奏でたが、ついに毒蛇に噛《か》みつかれて死んでしまった。

　エッツェル王の広間ではフン族が宴会（第三の宴会）のために集まった。悲しみを抑えながら、王妃グリームヒルトは酒を食卓にのせ、夫エッツェルに珍味を差し出す。エッツェルがそれを口にしたあと、夫に打ち明けてこう言う。「あなたが食べたのは、あなたの子どもたちの心臓です。あなたは決して二度とエルフェとオルテを自分の前に呼ぶことはできません！」彼女はエッツェル王への復讐のために自らの二人の子どもを犠牲にしていたのである。戦士たちは泣いたが、グリームヒルトだけは涙を流さなかった。彼女は黄金の指輪を国王の財宝部屋から取り出して、戦士たちにばら撒《ま》いた。戦士たちがそれに魅せられてうっとりと眠り込むように仕向けるためである。エッツェル自身は酒と恐怖で麻痺《まひ》してしまい、ベッドに沈み込んでいた。そこでグリームヒルトは剣を彼の胸に突き刺した。そのあとで彼女は館に火をつけ、燃える広間の中で一族もろとも自らの生命《いのち》をも絶ったのである。

以上のようなブルグント伝説の原型もまた「歌謡」であったと推定されるが、その素材はブリュンヒルト伝説の場合とは逆に、当時の歴史的事実に容易に結びつけられる。伝説の三つの柱として次のように五世紀の歴史的事実が指摘されよう。

まず第一は、四三七年にライン・ヘッセン地方のブルグント族はフン族によって敗北を被《こうむ》り、その国王グンディハリは一族とともに倒れたという事実である。しかし、もっと作用を及ぼしたのは、第二の歴史的事実、すなわち、その十六年後の四五三年に、恐れられていたフン族の支配者アッティラ（エッツェル王のこと）が突然の死を遂げたという事実である。彼はゲルマン出身の夫人ヒルディコのそばのベッドの中で大量の喀血《かっけつ》をして死んだのであるが、まさに「そのこと」が英雄歌謡の芽になり得た。すなわち、フランケンの一詩人はアッティラの殺人者をヒルディコ夫人だと見て取って、この二つの歴史的事実を一つに結びつけて、ゲルマンの兄弟たちのための復讐としたのである。十六年という時間的差異は「一日」に圧縮され、グンディハリが倒れた次の日の夜、ヒルディコが兄弟たちの復讐を夫アッティラに対して行うという内容の英雄歌謡が生まれたのである。さらにそのうえ第三の歴史的事実として、アッティラの二人の息子たち（エルラークとエルナーク）が父の死後まもなく世を去ったということである。そこからその作品に二人の未成年の虐殺《ぎゃくさつ》が盛り込まれることとなったのである。

ブリュンヒルト伝説の第一段階である原型は、一人の女性の魂の葛藤を取り扱っていたのに対して、このブルグント伝説の第一段階は、冒頭と中央と結末に置かれている三つの宴会からも分かるように、騒々しく大衆的な性質のものとなっている。結末部分に関しても、前者の伝説の原型はブリュンヒルトの別れの挨拶によって内面的に特徴づけられていたのに対して、後者の伝説の原型では燃え落ちていく広間の描写によって外面的な作用を及ぼす結果となっている。

このような相違にもかかわらず、ブリュンヒルト伝説とブルグント伝説はすでに互いに接近している。エッツエル（アッティラ）の殺人者グリームヒルト（歴史上のヒルディコ）はジークフリートの妻と同一視されており、この同一視が二つの伝説を結びつけるきっかけであったのかもしれない。しかし、この第一段階では内的にしっかりと結びついているとは言えない。両者は長い間独立していた。その後、二つの伝説は接触し合い、人物名なども借り合ったと推定される。二つの伝説は、新しい環境のもとに根をおろすまで、独立してゆるく結びついたままだったのである。

第二節　二つの原型伝説のその後の伝承

その二つの伝説を一つに結びつけたのが、十三世紀初頭のニーベルンゲンの詩人である。それでは、その二つの伝説は原型のあとどのように伝承していって、『ニーベルンゲンの歌』の素材となったのであろうか。アンドレアス・ホイスラーの「発展段階説」に従って、その伝承の第二段階以降を以下にまとめることにしよう。

1　ブリュンヒルト伝説の第二段階

ブリュンヒルト伝説の第一段階である原型に、第二段階としての変化が生じたのは、十二世紀の終わりになってからである。第一段階から第二段階までの期間、九六二年にはオットー一世がドイツ王に即位してのちに「神聖ローマ帝国」と呼ばれる複合国家が誕生し、「自国民」を意味する「ドイツ」(teutsch = deutsch) という理念のもとで、十二世紀から十三世紀にかけてはドイツ中世文学が最初の興隆期として花開いた時代でもあった。そのような時期にあって五、六世紀以降語り継がれてきたブリュンヒルト伝説も新たな変化を見たのである。もちろんその新しい歌謡はドイツには遺されていないが、ブリュンヒルトに関する新しい歌謡が北欧へ伝承されていったと推定される。その『新ブリュンヒルト歌謡』がベルゲン（ノルウェー）のハンザ商人たちの間に歌われているうちに、それを聴いていたアイスランド人が一二五〇年頃に古ノルト語の散文でその内容を書き留めた。それが現在『ティードレクス・サガ』と呼ばれている作品である。この『ティードレクス・サガ』を『歌謡エッダ』および『ニーベルンゲンの歌』と比較考察することによって、ブリュンヒルト伝説の第二段階をかなり正確に推定することができると、ホイスラーは考えるのである。

そのホイスラーの比較考察によると、この第二段階において登場人物や地名の名称にいくつかの変更が認められるが、筋においても改変が行われた。その中でも深く改変されたのが、ブリュンヒルトに関する部分である。「炎越え」や「姿交換」といった超現実的な話は当時の人々にはもはや馴染《なじ》むことのできないものとなり、グンターのブリュンヒルトへの求婚のための条件としては、当時にふさわしく競技が取り入れられて、「その競技に勝つ」こととなった。この改変に伴って「婚礼初夜の剣」の場面はなくなった。しかし、ブリュンヒルトを「側女」だと罵るそのあとの筋のために、これを無造作に削除するわけにはいかなかった。そこで付け加えられたのが、次のような筋立てである。すなわち、ブリュンヒルトは結婚式の夜、グンターの愛撫を拒み、猿轡をかませる。ひどい目にあったグンター王のためにジークフリートは、再度グンター王に手助けをする。ジークフリートはグンター王の許しを得て、グンターの姿で寝床へ行き、ブリュンヒルトと格闘して、彼女から処女とともに超女性的力（処女である限り、彼女はとてつもない強い力を持つと言われていた）を奪い取ってしまうのである。

この宿命的な改変は「両王妃口論」のエピソードにも影響を及ぼした。「ジークフリートは私とあなたを欺いたのです」というブリュンヒルトの嘆きは、もはや意味を持たなかった。グンターはジークフリートの行為を了承しており、自分が欺かれたのではないことを知っていたからである。そこで重点が置かれることになったのは、ジークフリートが秘密を漏らし、クリームヒルト（原型ではグリームヒルトと表記してきたが、第二段階以降からはクリームヒルトと表記する）がその証拠の品を見せて義姉ブリュンヒルトを侮辱したということである。そのため王妃たちの口論はもはや河の中ではなく、賑やかな広間の中で起きる必要があり、その広間での座をめぐっての争いとなっ

三種競技を行うブリュンヒルト

たのである。

従って、そのあとの結末部分も変わってくる。人々の前で受けたブリュンヒルトの辱めは、ジークフリートの死でもって償われたのだから、ブリュンヒルトが最後に真相を打ち明ける場面はなくなった。その代わりに取り入れられたのが、『ティードレクス・サガ』に伝承されているような結末である。この作品については、次章で詳しく述べる予定であるが、ブリュンヒルトは帰ってきた狩人たちを出迎え、よい獲物（ジークフリート暗殺のこと）を射止めた労《ねぎら》いの言葉を述べ、そのジークフリートの遺体をクリームヒルトのベッドの中に投げ込むように要求するのである。「彼女（クリームヒルト）は今や彼（ジークフリート）を死人として抱くがよい！」これがこの段階の歌謡におけるブリュンヒルトの最後の言葉であったろう。これは憎しみに満ちた復讐の女性にはふさわしい言葉であり、かつての深い魂の葛藤は消失したのである。ブリュンヒルトの「高笑い」もなくなり、それに代わって目立ってくるのが、クリームヒルトの嘆きである。かつてはブリュンヒルトが占めていた結末部分を今やクリームヒルトが占領してしまったのである。

クリームヒルトはこの結末部分のみならず、さらに冒頭部分をも占領してしまい、母オーデに二羽の鷲に殺された「鷹の夢」を語る。この夢について母は「鷹は娘ののちの殿御を意味する」という夢占いをする。この冒頭の「鷹の夢」からも、第二段階からブリュンヒルトに代わってクリームヒルトが歌謡の中心に置かれることになったことが明らかである。

この新しく改変された第二段階の歌謡が、十三世紀初頭のニーベルンゲンの詩人の手に渡り、『ニーベルンゲンの歌』前編の素材となるのである。なお、第三段階の『ニーベルンゲンの歌』の詳細については、第四章で述べる予定である。

2　ブルグント伝説の第二段階

では、もう一方のブルグント伝説の第一段階である原型は、その後、どのように伝承されていったのか。ライン河畔で生まれたブルグント伝説は、八世紀頃にはバイエルン・オーストリア地方にも伝承されたと推定される。この第二段階の歌謡における決定的な改変は、ブルグント族への復讐をクリームヒルトに行わせていることである。だから彼女はエッツェル王が果たしていた財宝への欲望の役割を受け継ぐが、これは理にかなっていた。なぜなら、ジークフリートの遺産は彼女に与えられるべきものだったからである。しかし、財宝への欲望からというだけで彼女は実の兄弟を殺すわけにはいかない。そこでクリームヒルトは暗殺されたジークフリートの仇を討つという目的で実の兄弟たちに対して復讐することになったのである。フン族のエッツェル王の妃となったのも、そのためである。クリームヒルトはライン河畔の兄弟たちへ復讐を遂げるためにブルグント一族をフン族の国へ招待する。かつてのエッツェル王の役割であった「招待」は、クリームヒルトに移されている。財宝の隠し場所についての詰問も、クリームヒルトの役目となる。さらに最終場面で縛られた者を殺害するように命令を下すのも、クリームヒルトである。

　こうして夫のエッツェル王に対する復讐が、第二段階ではブルグント族の実の兄弟たちに対してのものとなったので、当然のことながらエッツェル王の死が消滅した。従って、結末の約三分の一は次のように改作された。

　まず第一に、子どもたちの殺害に関する改変であり、クリームヒルトはハーゲンがその子どもを殺すように仕向けるが、それはエッツェル王とブルグント族とを対立させるためである。第二に、王妃クリームヒルトがフン族の家来たちに黄金をばらまくのも、家来たちの力を借りて、ブルグント族を滅ぼすためである。

　第三には、王妃クリームヒルトが広間に火をつけるのも、ブルグント族を全滅させるためである。

　第四に、クリームヒルトの死に関して、この第二段階ではクリームヒルトを他人によって成敗することにした。そこで彼女を成敗することになったのは、ディートリヒ・フォン・ベルンである。

グンターの首をハーゲンに見せるクリームヒルト
ヘンリー・フュースリ

このディートリヒの役割は第二段階の詩人の創作である。バイエルンの詩人は、ディートリヒ伝説からベルン出身のディートリヒがエッツェル王の宮廷に滞在していたことを知っており、それをブルグント族滅亡の出来事と無関係のままにしてはおけなかったのである。ディートリヒは、しかし、実兄の首を刎《は》ねる「鬼女」のクリームヒルトを成敗するためだけに登場したのではなかった。彼はブルグント族最強の者ハーゲンをも捕えるのであり、ハーゲンもゴート族の英雄ディートリヒを敵とすることによって、さらに高められる結果となったのである。

ディートリヒ伝説からこの第二段階の歌謡に取り入れられたもう一人の人物として、エッツェル王の弟ブレーデルがいる。このブレーデルは、クリームヒルトの唆《そそのか》しに屈服してしまう最初の人物であり、その役割はフン族の部下たちに戦いの武装をさせることにあるが、さらに彼はグンターを捕えて、またハーゲンに倒されることによってディートリヒに武器を取らせるきっかけを与えているのである。

饗宴からあとの筋はこうして豊富にされているのに対して、饗宴に先立つ招待、旅そして到着の場面はほとんど変更を加えられなかった。ただ母后《ぼこう》が夢占いをする「鷹の夢」は、この第二段階で付け加えられたものであろう。『歌謡エッダ』中の「グリーンランドのアトリの詩《うた》」における夢の対話は、その夢に由来するだろうからである。

さらに重要な改作は、ハーゲンがグンターよりも英雄として高められていることである。ハーゲンこそがここでは最後のブルグント人であり、彼こそが王妃クリームヒルトに財宝の返還を拒み、クリームヒルトによって殺害されるクライマックスの人物なのである。ブルグント族滅亡はジークフリートの暗殺への復讐となったことが、ここでも明らかである。なぜなら、ハーゲンこそがジークフリートの暗殺者であったのだから。ハーゲンこそ英雄となったのである。

このことによって今や明らかなのは、ブリュンヒルト伝説とブルグント伝説が内面的に結びついているということである。第一段階ではあらすじそのものによってではなく、ただ人物たちと財宝だけによってゆるく結びついていたに過ぎなかったが、第二段階においてフン族の国での裏切り行為はジークフリートの復讐のためであるという考えが現れるや否や、二つの伝説は互いに接して生長したのである。今や二つ目の伝説のあらすじはその芽を一つ目の伝説の中に持っていた。この二つが順番に朗読されたならば、ジークフリートの死は二つ目の伝説の転回点であり、ブルグント族滅亡はその英雄の死の報復となったのである。しかし、このことを「一つ」に融合させ、互いに釣り合わせることは、そんなに簡単なことではなく、この難しい課題が成し遂げられるのは、第三段階の詩人を経て、最後の第四段階のニーベルンゲンの詩人によってなのである。

3　ブルグント伝説の第三段階

このバイエルンのブルグント伝説第二段階はさらに一一六〇年になって、ドーナウ地方で改変を見て、ここで初めて歌謡から六倍ないし八倍の量を有する読み物としての叙事詩が発生することになった。いわゆる『古きニーベルンゲン災厄《さいやく》』と呼ばれる叙事詩がそれである。もちろんこの叙事詩は現在遺されていない。しかし、これは『ティードレクス・サガ』およびフェロー諸島の三つの舞踏譚詩、デンマークの歌謡『クレモルトの復讐』などに影響が残っており、それらから推定されるのである。

まずこの叙事詩の作者は形式を一新させた。彼はその頃キューレンベルクの詩人が用いた「キューレンベルクの調べ」と呼ばれた詩形を用いた。それは古い二行の長詩句を二倍にしたもので、本来抒情詩のためのものであったが、第三段階の詩人はそれを読み物としての叙事詩に使用したのである。『災厄』詩人はこのように形式を一新させたため、人物や場面をも拡大させなければならなかった。叙事詩への拡大は言語上の膨《ふく》らみやゆったりとした描写によってのみ成就するものではなく、そのためには文学的感覚を必要とした。その文学的才能でもって第三段階の詩人は場面と人物たちを新しく創り出していったのである。

場面に関して言えば、この叙事詩はフン族のエッツエル王が財宝に目が眩《くら》んでブルグント国に使者を派遣したことでもって始まるのではなく、エッツェル王がライン河畔のブルグント国のクリームヒルトに求婚することでもって始まっている。その結婚後の饗宴への招待にしても、ヴォルムスでの相談の場面が生じ、そこで初めてギーゼルヘアが生き生きとした輪郭をもって登場する。フン族の国への旅も、途中でベッヒェラーレン（現在のドイツとオーストリア国境付近の町パッサウとウィーンの中間地点にある町）のリュディガーのもとに滞在することで、新しい重要な拡大を見たのである。

さらにエッツェル王の宮廷での出来事もたいへん豊かになっている。第二段階ではエッツェル王の宮廷に到着すると同時に戦いがすぐさま始まったのに対して、この第三段階ではディートリヒが客人たちを出迎えたり、クリームヒルトが歓迎の挨拶をしたりする場面が展開される。そのあと第一の宴会が催されるが、このときにはまだ戦いは起きない。これはエッツェル王を気前よい主人として示し、その宮廷の立派な様子を見せている。ハーゲンとフォルカーの二人による見張りの夜が続いて、そのあと二日目となり、第二の宴会でもってようやく本来の敵対関係が展開され、戦いが勃発する。この両民族の戦いに関してもいくつかの出来事が挿入されて、最後の虐殺へと高まりを見せている。

このような多くの場面はもちろん、新しく創作された「人物たち」の登場を支えとしている。母ウォーテ、渡し守、ドーナウ河の妖精、ベッヒェラーレンの辺境伯夫人ゴテリントとその娘は、それほど重要ではないが、ブルグント族側ではフォルカー、フン族側ではヒルデブラント、イーリンクそしてリュディガーが重要な役割を果たすようになっている。そのほかにブルグント族側のゲールノートとギーゼルヘアは第二段階にも登場するが、厳密に言えば、『災厄』詩人によって新たに創作された重要な人物と言ってもよいであろう。

こうして第三段階の叙事詩はやがてドーナウ地方のニーベルンゲンの詩人の手に渡って、もう一つの素材である『新ブリュンヒルト歌謡』と結び合わされて、今やドイツ中世英雄叙事詩の傑作『ニーベルンゲンの歌』が成立するのである。この作品の内容については、第四章で詳しく紹介する予定である。

本書はブリュンヒルト伝説を中心にしたものであるが、ニーベルンゲン伝説の系譜全体を眺めてみると、ブリュンヒルトは常にクリームヒルトと対を成す人物であり、以下の叙述でもたいへん重要な存在であるため、ここでもその対を成すクリームヒルトの復讐を取り扱うブルグント伝説を詳しく述べておいた。

なお、第一章では北欧への伝承作品がたくさん出てきたが、それらについては、順番は逆になるが、次の第二章と第三章で詳しく紹介していくことにしたい。

第二章　北欧への第一次伝承

第一節　『歌謡エッダ』におけるブリュンヒルト歌謡

五、六世紀にライン河畔フランケンの地で生成したブリュンヒルト伝説は、具体的に言えば、いつどのようにして北欧へ伝承されたのであろうか。現在に伝えられている『歌謡エッダ』の中に収録されているさまざまな歌謡の音韻の研究などから、九世紀以降ヴァイキング等によって北欧に伝えられたと推定されている。

「エッダ」（Edda）という言葉は、もともとはあとで述べる十二世紀から十三世紀にかけてのアイスランドの政治家で詩人でもあったスノリ・ストルルソンが、自分の著書の中で「これをエッダと呼ぶ」と称したことから使われ始めた言葉である。その語源は著者の「詩学書」を指すとか、彼とゆかりのある「オッディ」という地名であるとか、あるいは子孫代々まで語り継がれていくという意味を込めて「曾祖母《ひいばば》」という意味であるといういくつかの説があるが、正確には分かっていない。いずれにしても九世紀以降十三世紀にかけて北欧で生成して、その後『歌謡エッダ』に収録された歌謡をエッダと呼んでいる。

『歌謡エッダ』はもともと二十九篇の古詩を含んでいたが、その後もこの種の古詩が発見されて、現在では断片を交《まじ》えて、三十七篇を数えるに至っている。わが国でも谷口幸男訳『エッダ――古代北欧歌謡集』（新潮社、一九七三年）などがある。

『歌謡エッダ』はその内容からして大きく第一部「神話」と第二部「英雄伝説」の二つに分けられ、後者にはニーベルンゲン伝説の歌謡が十九点あり、その中でブリュンヒルトに関するものが四点ある。その四点の作品について、以下に内容を要約するかたちで紹介することにしよう。

① 「シグルドリーヴァの歌」（九〇〇年頃　ノルウェー）

シグルズ（ジークフリートをこのように表記する）がヒンダルフィアルの山でその眠りから目覚めさせた女性は、シグルドリーヴァと名乗り、ワルキューレであった。このシグルドリーヴァ、すなわち、「勝利（シグル）を駆り立てる（ドリヴァー）女性」がブリュンヒルトであることは、あとで紹介する「ブリュンヒルトの冥府への旅」から明らかである。彼女は、自らが眠りにつかされた次第をシグルズに語って聞かせたあと、ルーネ文字の知識を与え、さらにはさまざまな忠告をも与えるが、第十一の忠告を与えたところでこの歌謡は中断している。このようにこの歌謡はルーネ文字の知識や人生訓に満ちた忠告が大半を占めていて、

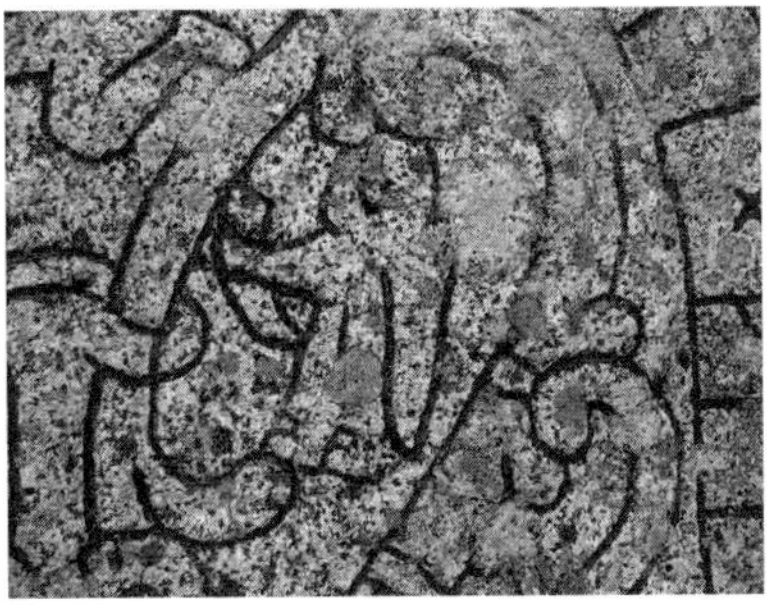

ルーネ石碑に描かれた、シグルズに角杯を与えるシグルドリーヴァ（スウェーデン）

一つの「格言詩」となっている。第十一の忠告で悲劇的な余韻を漂わせることによって、ようやく再びシグルズの個人的な運命（暗殺）に結びつけられている。

②「シグルズの歌」（断片）（九世紀初期　ノルウェー）

この歌謡は冒頭と末尾が失われていて、前後の事情が不明であるが、それはこのあとの「シグルズの短い歌」から、あるいは後述の『ヴォルスンガ・サガ』からある程度推定される。とにかくシグルズが暗殺される場面を扱っていて、暗殺後のブリュンヒルトの満足と同時に後悔が語られたところで、歌謡は中断している。

③「シグルズの短い歌」（十一世紀末または十三世紀初め　アイスランド）

この歌謡は、②で欠落していたシグルズのギューキ一族訪問の場面から始まっている。しかし、シグルズがグズルーン（ドイツのクリームヒルトにあたる）を娶《めと》り、グンナル（グンターにあたる）がブリュンヒルトを娶ったことは、冒頭の四詩節で片付けられていて詩人の関心はむしろグンナルに嫁いだ後のブリュンヒルトの「嫉妬」の方に置かれている。その嫉妬のさまが詳しく展開されているところに、この歌謡の特徴がある。

この歌謡が語るところによると、シグルズがグンナルの妹である彼の妻グズルーンと一緒に、毎夜、ベッドに入って愛撫を交わす頃になると、ブリュンヒルトは悲しくなって、城を出て氷の張った野原と氷河をさまよったとされている。「喜びもなく、夫もなく、こうして歩き回る私。この苦しさ。胸も張り裂けそう」と、シグルズへの愛とグズルーンへの嫉妬に苦しめられ、この嫉妬がシグルズ暗殺のきっかけとなる。ブリュンヒルトを何よりも大切に思ったグンナルが、弟グットルム（ヘグニは暗殺に反対する）を説き伏せて、シグルズを暗殺させてしまうのである。暗殺された夫シグルズのそばでグズルーンが悲鳴を上げると、ブリュンヒルトは一度心の底から笑うことになっている。ブリュンヒルトの「高笑い」として伝統的に伝承されているエピソードの一つである。その「高笑い」を上げたとき、グンナルはブリュンヒルトを「災いの女よ」と呼んでいる。そのあとブリュンヒルトは自分が愛したのはシグルズだけであると言って、大きな火葬場を作って、シグルズとともにあの世へと旅立っていく。このようにグンナルの妻ブリュンヒルトがこの歌謡の中心に置かれていて、彼女の憎しみと愛とが一貫して語られている。「シグルズの短い歌」ではブリュンヒルトは嫉妬深くて、非常に気性の激しい女性として書かれているのが特徴である。

④「ブリュンヒルトの冥府への旅」（十一世紀または十二世紀初め　アイスランド）

ブリュンヒルトの死後を取り扱っているのが、この歌謡である。ブリュンヒルトは、車の中に横たわったまま焼かれ、この車で冥府への道を走り、女巨人の住む館にやって来たという。歌謡全体はブリュンヒルトと女巨人の対話から成り立っているが、ギューキ一族滅亡の罪を押しつけられたブリュンヒルトは、自らの人生を正当化するために、ここで自分の生涯と運命をかいつまんで語る。その内容の一致から、最初に紹介した①の歌謡のシグルドリーヴァはブリュンヒルトであることが明らかとなるのである。

第二節　北欧の散文物語『ヴォルスンガ・サガ』

ただ右で紹介したこの『歌謡エッダ』は、年代と作者を異にした歌謡の集録であり、類似の歌謡が集められているだけで、一つの明白な筋を生み出すようにはまとめられていない。これらの歌謡を一つにまとめて、大きな一つの物語としているのが、『ヴォルスンガ・サガ』である。

「サガ」(Saga)とは、ドイツ語の「ザーゲ」(Sage)と同じ語源に由来する言葉であるが、ドイツ語の「ザーゲ」が「口碑」「民譚」など、素朴な民間の話に用いられているのに対して、北欧（アイスランド）の「サガ」は「物語」「語られたもの」といったほどの意味で、これを広義に用いるときには、散文で書かれたすべての叙述を含ませることができる。一般的に考えて、「サガ」は歴史的出来事ないし人物の散文物語であると言えよう。

この「サガ」が王などの前で語られたのは、十一世紀頃からと言われ、文字に写されるのは十二世紀後半からであり、隆盛期はおよそ百年間続いたと考えられている。このわずか一世紀ばかりの間に実に多くのサガが書かれ、現存するものだけでも百五十篇から二百篇にも達するが、『歌謡エッダ』の中でバラバラに語られていたヴォルスング一族の物語を一つの散文でまとめたのが、『ヴォルスンガ・サガ』である。ワーグナーが楽劇『ニーベルングの指環』四部作を書く際に、『ニーベルンゲンの歌』とともに、この『ヴォルスンガ・サガ』をも用いたことは、よく知られたことである。

物語は北欧の主神オージンの息子シギ（ずっとのちの子孫ジークフリートの「ジーク（勝利）」の意味をほのめかしている）の物語から始まって、その息子レリルが自分にふさわしい妻を娶るが、二人の間にはなかなか跡継ぎが生まれなかった。そこで二人が子どもを授かるように神々に願ったところ、結婚の女神フリッグ（「愛される者」という意味で、ワーグナーではフリッカで登場する）が聞いて、夫オージンにそれを伝えると、オージンは巨人フリームニルの娘フリョーズ（オージンの命令を果たすワルキューレ）にりんごを持たせて、夫婦のもとに遣わせた。その

主神オージン

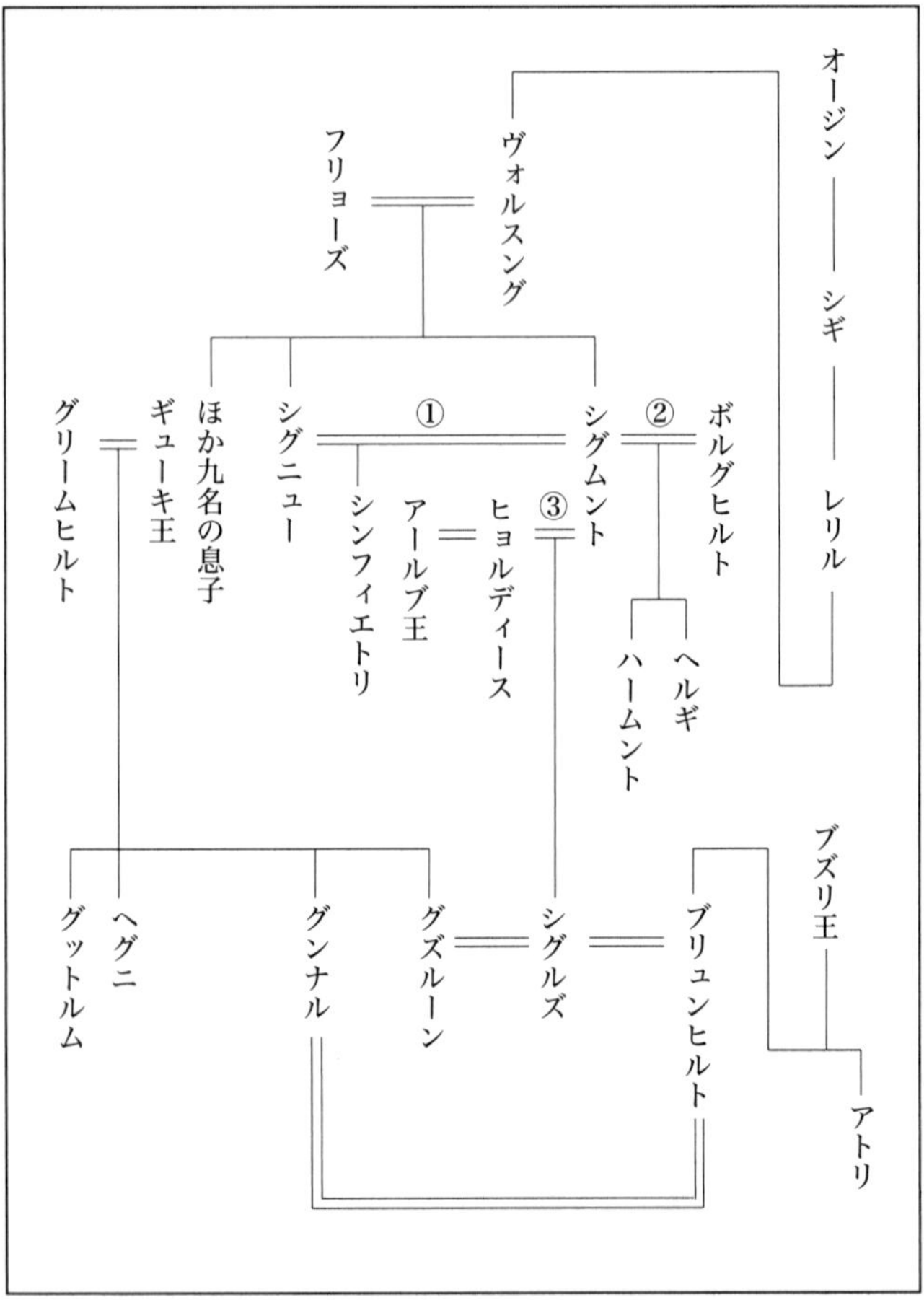

『ヴォルスンガ・サガ』におけるヴォルスング一族・ギューキ一族の系譜

りんごを食べたレリルの妻は、その後身ごもり、身重のまま六年過ぎたところで、自分がもはや生き存《なが》えられないことを悟り、自分の腹を切って子どもを取り出してもらった。男児であったが、王妃はそのまま亡くなった。その男児は身体が大きくて、ヴォルスングと名付けられて、大きくなると、父のあとを継いでフーナランドの王になった。彼はたいへん優れた勇士になり、遠征で行った戦いでは常に勝利を収めた。このヴォルスングがすっかり成人すると、巨人フリームニルは娘フリョーズを彼のもとに送り、二人は夫婦となった。幸せな結婚生活を送り、二人の間には十人の息子と一人の娘が生まれた。その長男がシグムントで、娘はシグニューという名前で、双子の兄妹であった。この双子の兄妹の近親相姦から生まれたのが、シンフィエトリであり、その後、シグムントの二番目の妻ボルグヒルトから生まれるのが、ヘルギとハームントである。さらにその後、シグムントの三番目の妻ヒョルディースから生まれるのがシグルズ、つまり、ニーベルンゲン伝説で言えば、ジークフリートであり、クリームヒルトとブリュンヒルトとの口論で暗殺される運命にある人物である。『ヴォルスンガ・サガ』ではそのヴォルスング一族の物語が語られているのであり、『歌謡エッダ』でバラバラに語られていたさまざまな歌謡を一つの散文物語にまとめているところに、大きな特徴がある。そのヴォルスング一族とギューキ一族の系譜を図式化すれば、右ページに掲載のとおりである。

この『ヴォルスンガ・サガ』の翻訳は菅原邦城『ゲルマン北欧の英雄伝説――ヴォルスンガ・サガ』に掲載されているし、筆者も拙著『ジークフリート伝説――ワーグナー「指環」の源流』（講談社学術文庫、二〇〇四年）で詳しく解説したことがあるので、以下では『歌謡エッダ』と『ヴォルスンガ・サガ』におけるブリュンヒルトに焦点を合わせて、その作品の特徴をまとめることにしたい。

1　戦乙女ブリュンヒルト

まずブリュンヒルトは、『ヴォルスンガ・サガ』では、ヒンダルフィアルの山で炎に囲まれて男装して眠っている戦乙女《いくさおとめ》（ワルキューレ）として登場する。その炎を飛び越えて彼女を目覚めさせるのが、退治した竜の血が舌に触れたことで、小鳥の言葉が理解できるようになった英雄シグルズである。ブリュンヒルトは、小鳥の言葉に従ってここにやって来て、自分を目覚めさせてくれたシグルズに向かって、自分は二人の王ヒャールムグンナルとアグナル（アウザブロージルとも称する）の戦いでオージンの意に反して前者を倒したために眠りの棘で刺されたことや、オージンに結婚を強制されたが、恐れを知るような男とは結婚しないという誓いを立てたことなどを語る。ワーグナーの展開とほぼ同じと言ってよいだろう。ただこの場面でブ

眠るブリュンヒルトを目覚めさせるジークフリート

リュンヒルトはシグルズに長々とさまざまなルーネ文字の教えを授けることになっていて、そこが北欧文学特有のものとなっている。いずれにしてもシグルズはブリュンヒルトが知識豊かでたいへん賢いことに感心して、彼女と婚約することになっている。しかもその後、彼女のもとを去って、再会した折りに二度目の婚約を交わしたりする。二つの歌謡を一つにまとめたために、婚約が二回になったのだと思われる。

2　ブズリ王の娘ブリュンヒルト――予言術に長けた人物――

そのあとシグルズがライン河畔のギューキ王の宮廷にやって来るところでは、グンナルの妹グズルーンが美しい鷹の夢を見て、やがて求婚してくる勇士が誰なのかを知るために、ブズリ王の娘ブリュンヒルト（その兄がアトリ）の館を訪ねることになっている。つまり、ブリュンヒルトはここでは予言術に長《た》けた人物として登場し、「グズルーンはシグルズと結婚するが、やがて彼を失い、アトリと再婚するものの、最後にはアトリを殺害する」という運命にあることを予言する。グズルーンは悲しい気持ちになってギューキ王のもとに帰っていくが、この場面は『ニーベルンゲンの歌』でクリームヒルトが鷹の夢を見て、母后ウーテから将来の殿御を失うという不吉な占いを聞かされることを彷彿《ほうふつ》とさせる。いずれにしても北欧第一次伝承では、ブリュンヒルトは予言術に長けた人物として登場している。

ちなみに、ここで初めてブズリ王が出てくるが、『ヴォルスンガ・サガ』のその場面での説明によると、ブズリ王はギューキ王にもまして強力であったとされている。ブズリ王の息子がアトリで、ブリュンヒルトの兄であったとしているところも、この作品に特有な特徴である。

3　策略によりグンナルの妻となるブリュンヒルト

こうしてギューキ王の宮廷にやって来たシグルズは、そこの邪悪な王妃から忘れ薬を飲まされて、ブリュンヒルトのことを忘れ果ててしまうどころか、グンナルがブリュンヒルトへ求婚するのに手助けすることになる。このあたりはワーグナーおよび『ニーベルンゲンの歌』（ただし、この作品では忘れ薬は出てこない）と同じ展開であるが、『ヴォルスンガ・サガ』ではグンナルはシグルズとともにまずはブリュンヒルトの父ブズリと養い親ヘイミルを訪れたあとで、ブリュンヒルトの広間に出かけることになっている。その広間の周りには炎が燃えており、シグルズがグンナルと姿を交換して炎を飛び越えて、その中の女性をグンナルの妻にするのは、第一章で紹介したブリュンヒルト伝説の原型と同じ展開である。

4　両王妃口論におけるブリュンヒルト——侮辱される王妃——

こうしてブリュンヒルトはグンナル王の妻となるのであるが、ブリュンヒルトはグズルーンと一緒に水浴びのためライン河へ出かけて行ったとき、グズルーンより先に河の中に入ったことから口論となる。その口論の内容は夫自慢である。その夫自慢から、グズルーンが「竜を退治して、炎を飛び越えたのも、またブリュンヒルトのそばに寝て、腕輪を奪い取ったのも、私の夫シグルズです」と言って、その証拠に腕輪を見せることにまで発展して、この侮辱がシグルズ暗殺へのきっかけとなっていくのである。

5　ブリュンヒルトの悲嘆

『歌謡エッダ』中の「シグルズの短い歌」ではブリュンヒルトはたいへん嫉妬深い女性であることが強調されていた。この『ヴォルスンガ・サガ』ではもちろんシグルズと結婚したグズルーンに対して嫉妬を見せているとも捉えることができるが、「嫉妬」と言うよりも彼女の「悲嘆」が詳しく描かれていると言った方がよいかもしれない。

ブリュンヒルトはグズルーンからひどい恥辱を受けてからは、七日間もふさぎ込んで寝たままだったので、シグルズがそのベッドのそばに出かけて、ふさぎ込んでいるわけを尋ねると、彼女は心からシグルズを愛していたことを告白する。グンナル王よりも優れた勇士であるシグルズと結婚できなかったことが、彼女の悲嘆なのである。彼女はもう生きていたくないと口にすると、シグルズは「そなたを妻にしてグズルーンを捨てよう」とまで言うが、彼女は「それを欲しません」と言ったので、シグルズはそこを立ち去った。そのあとグンナルが彼女のそばに行くと、彼女は「あなたがシグルズを私のベッドに来させたとき、シグルズは私だけではなく、あなたをも欺いたのです。私は一つの館に二人の夫を持とうとは思いません。シグルズか、あなたか、あるいは私のいずれかが、死ななければなりません」と訴えるのである。ブリュンヒルトはシグルズに心を寄せているものの、もはやこういうことになった上は、シグルズを殺すしかないという、このグンナル王の館に「災い」をもたらす女性として描かれているのである。

6　シグルズ暗殺とブリュンヒルトの自害

こうしてブリュンヒルトはシグルズの殺害を要求し、そのシグルズ暗殺の役目はグンナルの弟グットルムに委ねられた。グットルムはシグルズが休んでいるベッドに近づき、二度は怯《ひる》んだものの、三度目に剣をシグルズに突き刺す。そのあとシグルズは自らの剣グラムを手に取って、逃げるグットルムめがけて投げつけて、仇を討ってから息絶えるのである。これは北欧第一次伝承の特徴である。夫の血に浸されて目覚めたグズルーンは、苦しみの吐息をはいた。望みを遂げたブリュンヒルトは、笑い声を上げるが、この「笑い声」は五、六世紀の原型から伝統的なものである。そのあとブリュンヒルトはグンナルに向かって、「シグルズは誠実を尽くして、結婚の夜にグンナルの花嫁である私の貞操を大切にした」ことを告白するとともに、将来の出来事を予言したのち、シグルズの死骸を焼く火の中に自ら身を投じて、シグルズの死に殉じてしまうのである。これは北欧第一次伝承のブリュンヒルトの特徴である。

以上のとおり、北欧への第一次伝承でのブリュンヒルトはワルキューレであり、さまざまな能力を身につけているとともに、予言術にも長けていて、未来を占う能力も具えている超人的な存在だと言えよう。他方では、竜退治の英雄シグルズに惚れ込んでいて、その妻グズルーンに異常なほどの嫉妬を見せる女性とも描かれている。また王妃としてひどく辱《はずかし》められ、それが復讐へと発展していくが、その根底にはシグルズへの愛がある。最後に自害して果ててしまうのも、「ブリュンヒルトの冥府への旅」の記述からも明白なように、グンナルの妻となるよりは、あの世でシグルズと一緒になった方がよいという、シグルズへの変わらぬ愛があったとも言えよう。

以上が北欧第一次伝承『ヴォルスンガ・サガ』におけるブリュンヒルト像の特徴である。

第三節　スノリの『散文エッダ』

1　スノリ・ストルルソンの生涯

右で紹介した『歌謡エッダ』と『ヴォルスンガ・サガ』のほかに、ニーベルンゲン伝説の北欧への第一次伝承を書き記したものに、スノリの『散文エッダ』をも挙げることができる。『歌謡エッダ』に対して比較的新しい作品であるので、それは『新エッダ』とも呼ばれることがある。

スノリ（一一七九〜一二四一）はアイスランドの最も有力な政治家であり、また優れた歴史家・詩人でもあった。彼の学者あるいは政治家としての教養は、アイスランドの学芸の中心地でもあったオッディの首領に幼い頃から引き取られて、その地で二十代半ばまで過ごしたときに培われたと言われている。一二一五年、三十六歳のときに「法の宣言者」（アイスランドの議会「アルシング」において口承で伝えられた憲法を朗誦し、議長として法の制度や裁判を司る）に選出されていることからも、スノリが並大抵な人物ではなく、偉大な人物であったことが見て取れる。その「法の宣言者」としての三年の任期を務め上げてから、スノリは一二一八年にノルウェーを訪問し、ホーコン・ホーコナルソン王と摂政《せっしょう》スクーレ伯に会い、特にスクーレ伯には歓待され、彼の館でその年の冬を過ごした。その後、スノリはスウェーデンとノルウェーの各地を旅して見聞を広め、翌年の冬にもスクーレ伯の客となった。一二二〇年にはホーコン王よりアイスランドの総督に任命されて、アイスランドに戻った。帰国して、一二二二年には再度「法の宣言者」に選出され、一二三一年に至るまでその役目を務めるが、一二三三年頃からスノリの運命も傾き始めて、その後、さまざまなトラブルや争いに巻き込まれて、最後には一二四一年に暗殺されてしまうのである。

2　スノリの歴史家としての業績

このように政治家としてのスノリには最後には悲運が待ち構えているが、学者としてはノルウェーから帰国して、一二二二年から二五年にかけてから執筆した『散文エッダ』を皮切りに、続いて『エギルのサガ』や、のちに完成する『ヘイムスクリングラ』(「大地の環」の意味)の中で大半を占めている『聖オーラブ王のサガ』を独立のサガとして書き上げたあと、その前後にノルウェー歴代の国王の事蹟を列伝的に書き加えて、「ノルウェー王朝史」とも言うべき『ヘイムスクリングラ』にまとめあげたと考えられている。この『ヘイムスクリングラ』の完成にはスノリの秘書役を務めた修道院の神父の寄与すると

スノリ・ストルルソン

ころが大きかったとも言われている。しかし、ノルウェーから帰国した一二二〇年からスノリの運命が傾き始める一二三三年頃までは、スノリの著作活動において最も多産な時期であり、政治家としても多忙な生活を送る中でも時間を作り出して、倦《う》むことなく著作に専念したのである。

3　スノリの『散文エッダ』の内容

そのスノリの最初の著作である『散文エッダ』は、すでに述べたように、ノルウェーからアイスランドに帰国した一二二〇年から書き始めたものである。全体は第一部「ギルヴィのたぶらかし」、第二部「詩人の語法」そして第三部「韻律一覧」の三部から成り、第三部から書き始められ、続いて第一部と第二部が書かれて、『散文エッダ』として完成したと言われている。

第一部「ギルヴィのたぶらかし」は、古詩を数多く引用しながら、神々の住居アスガルトを訪ねたギルヴィ王と神々の対話という形式で書き上げた小説風の物語で、いわば「北欧神話」を概観したものである。

第二部「詩人の語法」はそれまでの著名なスカルド詩人の三八八篇の詩歌を断片ながら随所に引用して、北欧詩人の独特な手法、いわゆる「ケンニング」（二つの名詞を複数の単語で婉曲に表現する隠喩的用法）を説明したものである。これらのケンニングは主に北欧の神話や伝説の幅広い知識を必要とするので、第一部で説きもらした神話・伝説をここで補説する結果となった。

一番最初に書いた第三部「韻律一覧」は、全部で一〇二連の詩歌を収録していて、ホーコン王とスクーレ伯の功績を称えながら、詩形の見本を示したものである。

4　『散文エッダ』におけるニーベルンゲン伝説

そのスノリの『散文エッダ』中の第二部「詩人の語法」においてニーベルンゲン伝説に関することが取り入れられている。スノリによって書かれたこのニーベルンゲン伝説の部分は、拙訳『ジークフリート伝説集』（同学社、二〇一四年）にも掲載しているので、それを参照しながら簡単に要約すると、次のとおりである。

第三十九章「黄金がカワウソの償いと呼ばれる理由」

アサ神族のオーディンはロキとヘーニルとともに世界を調べるために出かけたとき、川に沿って歩いていると、ある滝でカワウソに出会った。ロキが投げた石にあたって死んだそのカワウソから皮が剝ぎ取られたが、その皮を見た農夫フライトマールは、それがカワウソに化けていた弟オッターのものだと分かって、神々にその償いとしてその皮に黄金を詰めるようにと要求した。そのことから「黄金」は「カワウソの償い」と呼ばれるようになった次第を、ニーベルンゲン伝説に登場する人物たちのエピソードを交えて、スノリは説明しているのである。このエピソードをのちにワーグナーも楽劇

『ニーベルングの指環』第一作目『ラインの黄金』第四場において巨人族がヴォータンにフライアの姿が隠れてしまうまで、「ニーベルンゲンの黄金を積み重ねよ」と要求する場面で使っている。

第四十章「黄金がファフニールの洞窟あるいは住家などと呼ばれる理由」

その同じ黄金は「ファフニールの洞窟あるいは住家」、「グニタハイデの鉱石」あるいは「グラニの重い荷物」と呼ばれているが、そのように呼ばれるようになった次第を、スノリはニーベルンゲン伝説の英雄ジグルト（スノリではこのカタカナ表記）がグラニという名の馬に乗って、冒険の旅を続けているとき、グニタハイデという所の洞穴に住む竜ファフニールを殺して、財宝を所有したエピソードを語っており、そこからその黄金がいろいろな表現で呼ばれるようになったのである。

第四十一章「黄金がニーベルンゲンの財宝あるいはその遺産と呼ばれる理由」

その同じ黄金はさらに「ニーベルンゲンの財宝あるいはその遺産」とも呼ばれるが、そのように呼ばせる次第となった物語を、スノリはニーベルンゲン伝承の英雄ジグルトが竜を退治して、その財宝の所有者となったあと、それをニーベルンゲン族に奪い取られたエピソードを語りながら、説明していくのである。

5　『散文エッダ』におけるブリュンヒルト

その第四十一章においては本書が取り扱う人物であるブリュンヒルトが登場するので、この第四十一章は以下に詳しく紹介することにしよう。

ワルキューレとしてのブリュンヒルト

まずジグルトは竜ファフニールを倒して、その洞穴から黄金を運び出すと、それをグラニという名の馬の背中に乗せて、冒険の旅を続けた。こうしてジグルトは馬を進めていると、山の上に一つの館を見つけた。その中には一人の女性が眠っており、その女性は兜と鎧を身につけていた。ジグルトは剣を抜き、鎧を切り裂いて彼女の身体からはずした。するとその女性は目覚め、自らを戦乙女《いくさおとめ》だと言った。彼女はブリュンヒルトという名前で、ワルキューレであった。

このようにジグルトとの出会いとブリュンヒルトの目覚めについては、スノリは淡々とごく簡単に語っているが、そのあとジグルトがギューキ王の国へ行き、そこのグンナル王がブリュンヒルトに求婚する際に手助けをするエピソードについては、比較的詳しく次のように語っている。

グンナルの妻となるブリュンヒルト

ジグルトはその館を去って、ギューキという名前の国王のもとにやって来た。その妃はグリームヒルトといい、二人の間に生まれた子どもがグンナル、ヘグニ、グートルーン、グートニィであり、ゴットルムはギューキ王の継子《まま こ》であった。そこにジグルトはしばらくの間滞在した。彼はギューキ王の娘グートルーンと結婚した。そこでグンナルとヘグニはジグルトと兄弟の契りを交わし合った。

そのあとジグルトはギューキ王の息子たちとともに出かけていった。グンナルがブドリの息子アトリのところで、一人の女性、すなわち、アトリの妹ブリュンヒルトに求婚するためであった。ブリュンヒルトはヒンダベルクの上に住んでいた。彼女の館の周りには炎が燃え上がっていた。そして彼女は、その炎を越えてやって来る勇気のある者だけを夫にするという誓いを立てていた。今やジグルトとギューキ一族――彼らはニーベルンゲン族とも呼ばれていた――は、その山に馬で登り、グンナルがその炎を飛び越えることになっていた。グンナルは雄馬ゴティに乗ったが、その馬は炎の中に飛び込んで行こうとしなかった。そこでジグルトとグンナルは姿と名前をも交換した。というのも、馬グラニはジグルト以外の騎手を乗せることはしなかったからである。ジグルトはグラニの背中に飛び乗って、炎の中を通り抜けた。その夜に彼はブリュンヒルトと婚礼の儀を執り行った。しかし、二人がベッドに入ったとき、彼は剣グラムを鞘から抜いて、それを二人の間に置いた。そして朝、起きて衣服を身につけると、ジグルトはブリュンヒルトに結婚式の翌日に新郎が新婦に渡す贈り物として黄金の指輪――それはロキが侏儒アンドヴァリから奪い取っていたものであった――を贈り、彼女の手から別の指輪を思い出の品として抜き取った。それからジグルトは馬に飛び乗って、連れの者たちのところに戻った。ジグルトとグンナルは再び姿を交換して、ブリュンヒルトを連れてギューキ王のもとに帰っていったのである。ジグルトはグートルーンと結婚し、二人の間に二人の子ども（ジークムントとスヴァンヒルト）を儲《もう》けた。

このようにブリュンヒルトがグンナルの妻となるエピソードをもスノリは、淡々と語っているが、ブリュンヒルトはブドリ王の息子アトリの妹となっている点で特異性がある。アトリとはフン族のアッティラ（エッツェル）王の北欧での表示である。のちにアトリが登場するので、スノリはブリュンヒルトをアトリの妹としたのであろうか。そのほかジグルトがグンナルのブリュンヒルトへの求婚の手助けをしたことから、妻とすることができたグンナルの妹は、グートルーンという名前であり、ドイツ中世英雄叙事詩『ニーベルンゲンの歌』のようにクリームヒルトという名前ではない。このクリームヒルトはスノリではグリームヒルトという名前で登場し、ギューキ王の妃、つまりグンナル王たちの母親である。これは『ヴォルスンガ・サガ』と同じ設定である。スノリの周辺には『ヴォルスンガ・サガ』と同じ伝説素材があったものと思われる。

このあとに展開されるのは、ジグルトの暗殺のきっかけとなる両王妃口論であり、スノリは次のように語っている。

グートルーンと口論するブリュンヒルト

ある日、ブリュンヒルトとグートルーンは、髪を洗うために川へ出かけていった。彼女らは川にやって来ると、ブリュンヒルトが陸から川の中に入っていって、自分はグートルーンが髪を洗った水で頭を洗いたくないと言った。自分の方がより勇敢な夫を持っているからというのである。そこでグートルーンは彼女のあとから川の中へ入っていったが、自分こそこの世でグンナルも他のいかなる男も勇気において比べものにならないほどの夫を持っているのだから、自分が川の上流で髪を洗うべきだと言った。というのも、夫ジグルトはファフニールとレギンを打ち殺して、二人の遺産をも勝ち得たからというのである。そこでブリュンヒルトはそれに答えて言った。「グンナルが炎を飛び越えたのであって、ジグルトがそうしたのではありません。」そこでグートルーンは笑って言った。「あなたはグンナルが炎を飛び越えたと思っているの？　この指輪を私に贈ってくれた男の人が、あなたと一緒にベッドに入ったのだと思うわ。でもあなたが手に嵌《は》めていて、結婚式の翌朝に贈り物としてもらったその指輪は、アンドヴァリの贈り物と呼ばれているけど、それをグニタハイデで手に入れたのはグンナルではないと私は思っているわ。」このように言われると、ブリュンヒルトは黙り込んで、館に帰っていった。

スノリはこの両王妃口論については比較的詳しく語っているが、筆者が補足説明しておくと、両王妃口論は川の中で展開され、その口論の内容が地位争いである点では、いつの時代での作品と共通するものである。いずれにしてもこの両王妃口論はその後もその時代に合わせたかたちでさまざまに語り継がれていくのである。

次に展開されるのが、どの作品でも共通する英雄ジグルトの暗殺物語である。スノリはどのように語っているのか、以下に紹介しよう。

ジグルト暗殺時のブリュンヒルト

そのあとブリュンヒルトはグンナルとヘグニに、ジグルトを殺害するようにとけしかけた。しかし、彼らはジグルトと誓いを交わした兄弟だったので、二人はその弟ゴットルムにジグルトを殺害するように仕向けた。するとこの弟はジグルトが眠っているところへ行き、彼を剣で突き刺した。しかし、ジグルトは傷を受けたのを感じると、剣グラムを殺害者に後ろから投げつけたので、剣はその者の背中に突き刺さった。ジグルトは倒れ、ジークムントという名前の彼の息子もまた彼らに殺害されたのであった。

ブリュンヒルトはそのあと剣でもって自らの身を突き刺し、ジグルトと一緒に焼かれた。（ブリュンヒルトの自害は、五、六世紀の原型のように、胸を短刀で突き刺すものと、『ヴォルスンガ・サガ』のように、ジークフリートの遺体を焼く火の中に飛び込むものがあるが、スノリはその両者を取り入れている。）ブリュンヒルトの死後、グンナルとヘグニはファフニールの遺産とアンドヴァリの贈り物を自分たちのものとし、そして今や国々を支配したのであった。

スノリは英雄ジグルトの暗殺の場面をこのように語っていて、ジグルトを暗殺するのは、ヘグニではなく、兄弟の契りを交わしていないゴットルムにしている点は、北欧伝承に従っていると言える。ただジグルト暗殺後にブリュンヒルトが自害して果てる理由が明らかにされていない。その理由は「嫉妬」であったり、自らの行為に対する「償い」であったり、伝承によって異なるのであるが、この点ではスノリの叙述は不十分なところもある。しかし、スノリはニーベルンゲン伝説の展開を詳しく再構成するのが目的ではなく、当時の若いスカルド詩人たちのための「詩学書」になることを目指しているのであり、叙述の不十分な点を非難するわけにはいかない。スノリはニーベルンゲン伝説の中心にある黄金について、それが「ニーベルンゲンの財宝」あるいは「その遺産」と呼ばれるようになった次第として、ブリュンヒルトの自害のあとについても次のように語っている。

自害して果ててしまうブリュンヒルト

黄金が「ニーベルンゲンの財宝」あるいは「その遺産」と呼ばれる理由

ブドリ王の息子で、ブリュンヒルトの兄アトリ王は、ジグルトの未亡人グートルーンと結婚した。そして彼らは子どもを儲けた。アトリ王はグンナルとヘグニを自分のところに招待し、彼らはその招待に応じた。しかし、彼らは故郷を出発する前に、ファフニールの遺産である黄金をライン河に沈めてしまった。そのためこの黄金はその後二度と誰にも見つけ出されることはなかったのである。

アトリ王は武装した従者たちを集めており、従者たちはグンナルとヘグニと戦ったので、この二人は捕えられてしまった。アトリ王はヘグニの生きている身体から心臓を切り取らせたので、ヘグニは死んでしまった。一方、グンナルの方は蛇の牢屋に閉じ込めさせた。グンナルには密かに竪琴が差し入れられたが、両手を縛られていたので、足指でそれを奏でた。グンナルはほとんどすべての蛇を眠らせてしまったが、一匹の毒蛇だけは彼のところに這ってきて、胸骨の下の軟骨に噛みついたので、その頭を体内に差し込むことができ、肝臓にしがみつくと、グンナルは死んでしまった。グンナルとヘグニはニーベルンゲン族ともギューキ族とも呼ばれている。そのためその所有していた黄金は「ニーベルンゲンの財宝」あるいは「その遺産」とも呼ばれているのである。

スノリはこのように語り、アトリ王と結婚したグンナルの妹グートルーンが蛇の牢に閉じ込められた兄に竪琴を差し出す役目についても明らかにされていなければ、兄弟たちにアトリ王の企みを打ち明けて、警告する場面なども語られていない。これもすでに述べたように、スノリの目的は北欧の伝説を再構成することではなく、スカルド詩人たちの「詩学書」となることに力点を置いているためである。このあともスノリによりグートルーンのその後の物語が語られていくのであるが、本書の目的である「ブリュンヒルデの変容」とはかけ離れたものになっていくので、以下では割愛することにする。

6 スノリの『散文エッダ』の存在価値

このようにスノリの関心は、すでに何度も述べたように、北欧に伝わる英雄歌謡を文学的に再現することではなく、当時の若いスカルド詩人たちのために「ケンニング」などの説明を盛り込んだ「詩学書」を書くことにあったので、ニーベルンゲン物語の重要な部分が多く割愛されている。しかし、それでもブリュンヒルトについては、とりわけ『ヴォルスンガ・サガ』に見られるようなさまざまな人物像が織り込まれている。『歌謡エッダ』の写本が一二七〇年頃に書写され、『ヴォルスンガ・サガ』が一二六〇年頃に散文でまとめられる以前にあって、スノリの『散文エッダ』はそれらと共通するニーベルンゲン伝説を伝える英雄歌謡が一二二二～二五年頃にはスノリの周辺に数多く存在していたことを推定させるもので、貴重な資料であることは、言うまでもない。スノリの『散文エッダ』も、『歌謡エッダ』と『ヴォルスンガ・サガ』とともに、ライン河畔フランケンで生まれたニーベルンゲン伝説の北欧への第一次伝承を知ることができる貴重な資料である。その存在価値はきわめて大きいと言ってもよいであろう。

第三章　北欧への第二次伝承

第一節　説話集『ティードレクス・サガ』の編纂

ニーベルンゲン伝説の北欧への伝承はその後も続く。東ゴートのディートリヒ大王は北欧ではティードレクと呼ばれ、英雄ジークフリートとともに古代ゲルマン時代の英雄として最も人々に愛された伝説的人物である。

五、六世紀にライン河畔フランケンで生まれたニーベルンゲン伝説が、北欧へ伝承されるだけではなく、南方のドイツでもその後さらに語り継がれていき、中世になると、新しく改作されたニーベルンゲン伝説が、やがて東ゴートのティードレク大王に関する説話の中に織り込まれていった。その説話が十三世紀以降、ドイツ・ヴェストファーレンの町ゾーストを経由して、ニーダーザクセンのハンザ商人たちを介してノルウェーに伝えられると、その地の物語詩人たちはこの英雄に興味を抱き、彼に関する説話を書写した。その後、北欧の一物語詩人——それはアイスランド人であったと言われている——の手によって、それらの説話がノルウェーで一二五〇年頃に編纂されて、『ティードレクス・サガ』と命名された。この説話の編纂は南方文化に関心を有するノルウェーの老ハーコン王（一二一七

ティードレク大王が描かれた硬貨

〜六三）の命令によるものと伝えられ、その後さらに二人の物語詩人によってベルゲンにおいて編集されたものである。

この説話集は東ゴートのティードレク大王を中心にしたものであり、ニーベルンゲン伝説も盛り込まれている。これがニーベルンゲン伝説の北欧への第二次伝承である。ニーベルンゲン伝説も含まれているとすれば、当然のことながらブリュンヒルトに関係する説話も織り込まれている。以下では、まずこの『ティードレクス・サガ』のニーベルンゲン伝説関係の全体を把握したあと、ブリュンヒルトに関係する部分については、詳しく述べながら、この作品におけるブリュンヒルトの特徴をまとめていくことにしよう。

第二節　『ティードレクス・サガ』におけるニーベルンゲン伝説

この説話集『ティードレクス・サガ』は、現在では唯一フィーネ・エリヒセンの現代ドイツ語訳（一九二四年、復刻一九六七年）で伝えられている。最近では入手しがたいものなので、ニーベルンゲン伝説に関する部分だけであるが、筆者は二〇〇五年に二回にわたって勤務先の紀要論文にその翻訳（共訳）を掲載したことがある。その翻訳を読めば、この作品におけるニーベルンゲン伝説の全貌を見渡すことができる。作品全体は次のとおり五つに分けられる。

1　ジグルトの誕生

ニーベルンゲン伝説の英雄ジークフリートは、この北欧第二次伝承の説話集ではジグルトと表記され、まずはこの前半の主人公ジグルトの誕生から語り始められている。

その父はタルルンゲン（カルルンゲンの書き間違いと思われる）国を治めていたジグムント王である。彼は父ジフィアン王の遺産を受け継いで国王になると、西方ヒスパニアのニードゥング王とその息子オルトヴァンギスに使者を送り、そこの娘ジジベへの求婚を申し出た。ジジベは驚くほど美しい娘で、あらゆる点において気品があると聞き及んでいたからである。娘は見知らぬ土地へ嫁いでいくことになるので、父のニードゥング王は最初は躊躇《ちゅうちょ》していたが、求婚者本人が出向いてくるなら、承諾しようということになった。そこでジグムント王はヒスパニアへ求婚の旅に出かけて、ジジベを妃とした。

その後、ジジベ王妃は子どもを身ごもるが、ジグムント王は遠征に出かけることになった。その国王が留守の間に王妃ジジベは二人の伯爵から横恋慕されて、その挙げ句、二人の伯爵に騙《だま》されて、森に連れ出された。森の中で二人が戦っている間に、ジジベは赤子を産み落としたが、その赤子を入れた容器が川に落ちた。母ジジベはそれを見たとき、悲しみのあまり死んでしまった。

赤子を入れた容器は川を下って流れていき、赤子は最初は鹿の乳を飲んで育ったが、そのうち鍛冶屋ミーメに拾われて、彼に養育された。ジグルトが孤児として生まれ、鹿の乳で成長したあと、鍛冶屋ミーメに養育されたというエピソードを受け継いだ伝承がここで用いられている。

2　英雄ジグルトの冒険

鍛冶屋ミーメのもとで成長したジグルトは、やがてミーメの企みにより竜を退治するが、ミーメは竜の財宝を横取りしようと企んでいたので、彼を成敗したあと、冒険の旅に出かける。

ジグルトはまずブリュンヒルトの城を訪れ、グラーネという名の雄馬を手に入れてから、さらに旅を続け、グンナル王の城にやって来た。そこでグンナル王がブリュンヒルトに求婚することになって、その手助けをしたことから、グンナル王はブリュンヒルトと結婚し、ジグルトはグンナル王の妹グリームヒルトと結婚した。ニーベルンゲン伝説で語り継がれている英雄ジークフリートの冒険がこの作品でも展開されている。ただここではブリュンヒルトの取り扱いが独特な北欧的な物語の要素を見せている。それについてはこのあと第三節で再度取り上げて、そこで詳しく述べることにする。

3　両王妃口論

二組の結婚が実現すると、次に展開されるのは、英雄ジグルトの暗殺のきっかけとなる両王妃の口論である。この両王妃口論はもはやライン河の中ではなく、宮殿の広間で行われるのであり、王妃の座席をめぐっての地位争いの口論である。それが夫自慢の口論となり、それによりブリュンヒルト獲得のときの欺きが露わとなって、それが英雄ジグルトの暗殺に繋がっていく。そのあたりのブリュンヒルトについても第三節で詳しく述べることにする。

4　英雄ジグルトの暗殺

両王妃口論のあとは、いよいよ英雄ジグルトの暗殺である。ここでもブリュンヒルトは勇敢で陰謀家のヘグニと密談を交わすなどして、重要な役割を果たしている。ジグルト暗殺の場所はもはやベッドの中ではなく、森の中に移されて、しかも暗殺を実行するのは、この作品以降ヘグニとなっている。ブリュンヒルトがグリームヒルトから受けた恥辱に対して、その復讐をヘグニが遂げるのであるが、ブリュンヒルトはジグルトの遺体が館に運ばれてきたとき、グンナル王たちを出迎えて、見事に獲物（ジグルト）を射止めた狩り（暗殺）に対して祝いの言葉を述べると、遺体をグリームヒルトのもとへ運ぶようにと命じただけで、その後はもはや作品には登場しない。このブリュンヒルトに代わって多大な関心を集めているのが、グリームヒルトの方である。このグリームヒルトが重要な役割を果たしているのは、その後ドイツで新たな展開を見せた比較的新しい伝承によるもので、『ニーベルンゲンの歌』にかなり近寄っていることが理解できるであろう。

5　グリームヒルトの復讐

夫ジグルトを暗殺された妻グリームヒルトは、グンナル王とヘグニに対してその復讐をするためにフン族のアッティラ王と結婚する。ブリュンヒルトはもはや登場しないので、このあとの展開については割愛するが、グリームヒルトの復讐がこのあとかなり詳しく展開されていることなどから、この作品ではブリュンヒルトに代わってグリームヒルトが重要な役割を果たしていることが明らかである。これが北欧への第二次伝承の特徴である。

作品全体の内容は以上のとおりであるが、後半からは登場しないブリュンヒルトは、グリームヒルトがフン族に嫁いでいくまでの前半では、グリームヒルトに劣らず重要な役割を果たしているので、次の第三節ではブリュンヒルトに焦点を合わせて、『ティードレクス・サガ』の展開を辿りながら、この作品におけるブリュンヒルトの特徴を述べていくことにしよう。

第三節　説話集『ティードレクス・サガ』におけるブリュンヒルトの特徴

1　馬の飼育場所有のブリュンヒルト

ブリュンヒルトはこの作品ではまず馬の飼育場を所有していて、そこに名馬グラーネがいることになっている。竜を退治して角質の身体となったジグルトは、鍛冶屋ミーメからグラーネのことを聞いていたので、ブリュンヒルトの城に出かけたのである。ジグルトはブリュンヒルトから出迎えられるが、何者であるかを尋ねられても、答えることができず、逆にブリュンヒルトから自分の素性を教えてもらう。このあたりでは北欧第一次伝承で語り継がれたような、超人的な知識を持ち合わせ、予言に長《た》けたブリュンヒルトを垣間見ることができる。ブリュンヒルトは彼に名馬グラーネを与えると、ジグルトはさらに旅を続ける。ワーグナーがこのあたりを素材の一部に用いていることは明らかである。

2　策略によりグンナルの妻となるブリュンヒルト

旅を続けてジグルトが辿り着いたのが、ニフルンゲン国で、そこの国王グンナルの妹グリームヒルトを妻にもらう。その結婚式の席上でジグルトはグンナルにゼーガルトのブリュンヒルト（右で述べた馬の飼育場を所有していたブリュンヒルトとは、まるで別人のような叙述である）に求婚することを勧める。

ジグルトは道を心得ているので、手助けするというのである。ところが、ブリュンヒルトの城に到着すると、ブリュンヒルトはグンナル王と同伴のティードレク王を丁重に出迎えるが、ジグルトはとても冷たくあしらう。彼が今や一人の妻を持っていることを知っていたからである。この場面ではジグルトとブリュンヒルトが初めて会ったとき、二人はすでに婚約を誓っていたことになっているが、しかし、そういう記述は先の場面では見出されなかった。最初に二人が出会った場面で編者が、それを書き落としたと考えるしかないが、いずれにしてもこの作品ではいたる所にこのような矛盾が読み取られる。とにかくジグルトとブリュンヒルトは婚約していたということが、当時よく知られていたと思われる。それでもジグルトはブリュンヒルトにグンナルとの結婚を勧め、ブリュンヒルトは誓いを破ったジグルトをなじるものの、最後にはティードレク王とグンナルも話し合いに加わり、グンナルとの結婚を承諾する。ここでは『ヴォルスンガ・サガ』のような炎を飛び越えるエピソードも見られない。また『ニーベルンゲンの歌』のように三種競技も出てこない。ただティードレク王の仲介によるもので、ティードレク王の威厳を讃えていると考えるべきであろうか。

こうしてとにかくブリュンヒルトはグンナルと結婚式を挙げるが、その夜、ブリュンヒルトはグンナルの愛撫を拒み、格闘の末、帯で彼の手と足を縛り上げて、彼を鉤《かぎ》に吊るしてしまうありさまである。二日目も三日目も同様であった。そこでグンナルはジグルトに相談すると、ジグルトは「処女である限り、ブリュンヒルトはものすごい力を発揮する」と説明する。グンナルはジグルトが誰にも漏らさないことを信じて、すべてを彼に委ねる。グンナルの了解を得たジグルトは、毛布を頭に被せて、ブリュンヒルトの寝床へ行き、彼女の処女を奪って、さらに彼女の手から指輪を抜き取ってから、彼女をグンナルに引き渡す。この作品ではジグルトがグンナルの許可を得て、ブリュンヒルトの処女を奪い取っているのが特徴である。

3　両王妃口論におけるブリュンヒルト

こうしてグンナルとジグルトはともにニフルンゲン国のヴェルニツァ（ヴォルムスのこと）で平穏な生活を送っていたが、あるとき二人の王妃が口論してしまう。この作品ではその口論は、王妃ブリュンヒルトが広間に入っていったとき、グリームヒルトが立ち上がって礼をしなかったことから始まるのである。グリームヒルトとしては自分の母のものであった座席をブリュンヒルトに渡したくないのである。このことから口論は激しくなり、ついにグリームヒルトはジグルトがブリュンヒルトの処女を奪い取ったとき、彼女の手から同時に奪い取った指輪を証拠に見せて、彼女を侮辱する。ブリュンヒルトがこのような侮辱を受けたことで、あらすじはジグルト暗殺へと展開していくのである。

4　ヘグニと密談するブリュンヒルト

ジグルト暗殺の役目はヘグニが引き受ける。その際、ブリュンヒルトがヘグニと密談するなどして、ジグルト暗殺に深く関わっているところが特徴である。森で暗殺されたジグルトの遺体が館に運び込まれると、妻のグリームヒルトはひどく嘆くが、ブリュンヒルトは決して悲しむことはなかった。その後、グリームヒルトはズザートのアッティラ王と再婚して、ヘグニに対して最初の夫ジグルトの復讐をすることになるのである。

5 『ティードレクス・サガ』におけるブリュンヒルトの特徴

以上、見てきたように、北欧第二次伝承の『ティードレクス・サガ』では北欧の主神オーディンは出てこないし、ブリュンヒルトも超人的な知力と力を持ち合わせているとは言うものの、普通の女性として登場し、第一次伝承の『歌謡エッダ』や『ヴォルスンガ・サガ』に比べると、その存在感が軽くなっている。今やブリュンヒルトに代わって物語を動かしているのは、これまで存在感の薄かったグリームヒルトだと言ってもよいであろう。北欧への第一次伝承ではブリュンヒルトが重要視されて、さまざまな新しいエピソードが作られていったのに対して、北欧への第二次伝承ではブリュンヒルトに代わってグリームヒルトが表面に出てきている点で、『ニーベルンゲンの歌』にかなり近い作品である。『ティードレクス・サガ』は低地ドイツ的（低地とは北方を意味する）な内容の作品であると言うことができよう。

第四章　ドイツ中世英雄叙事詩『ニーベルンゲンの歌』

第一節　『ニーベルンゲンの歌』の成立と伝承

1　ニーベルンゲンの詩人の功績

第一章で述べたように、五、六世紀にライン河畔フランケンの領土で生まれたブリュンヒルト伝説は、その後いくつかの段階を経て、十三世紀初頭のいわゆる「ニーベルンゲンの詩人」のもとにも伝えられて、もう一つのブルグント伝説と結びつけられ、ドイツ中世英雄叙事詩『ニーベルンゲンの歌』として成立するのである。

その英雄叙事詩の成立過程を「発展段階説」で解明したアンドレアス・ホイスラーは、ニーベルンゲンの詩人の業績を次の六点にまとめている。

① 詩人は二つの伝説（ブリュンヒルト伝説とブルグント伝説）を「一つの」作品として結びつけた。
② そのために大きい方の原型（後編）の詩形を用いて、全体にわたって統一的な詩形を施した。
③ 両部を内容的にも互いに均衡をもたせるようにした。
④ 風俗描写や精神生活の描写においても、全体を宮廷的な趣味に合わせて、洗練されたものとした。

⑤　さらに言語や詩句においても時代の要求に合うようにした。
⑥　最後に物語を拡大し、豊富にし、しかも両部を同じ分量にして釣り合いを持たせた。

このホイスラーの指摘のうち、特に注目したいのは、詩人は二つの伝説を一つに結びつけただけではなく、両部を同じ分量にして釣り合いを持たせたということである。さらにニーベルンゲンの詩人は前編と後編が形式的にも内容的にもコントラストを成すという均整のとれた構成にしている。このことについては、以下において詳しく述べていく予定であるが、北欧のエッダ・サガが単に素材をなるだけ多く収録しただけで、あちこちに矛盾が見られたのに対して、ニーベルンゲンの詩人は形式と内容ともに洗練されたものに仕上げているのである。一詩節は四行から成り、一行目と二行目、そして三行目と四行目が完全な脚韻を踏み、リズミカルな作品である。かなり芸術的才能に恵まれた詩人であったことは、間違いない。

2　ニーベルンゲンの詩人の出身地と執筆年代

では、そのニーベルンゲンの詩人はどこの出身で、具体的にはいつこの英雄叙事詩を書き上げたのであろうか。

出身地については、前編の舞台となっているライン河畔周辺についての描写はぼやけていて、しかも地理的には間違いの描写があるのに対して、後編のドイツ・パッサウからオーストリア・ウィーンまでの地理はかなり正確に描かれていることから、おそらくオーストリア地方の出身であったことはほぼ間違いないと考えてよいであろう。作品の中でドイツ中世の騎士社会がよく描かれていることなどからも、おそらく騎士の生まれで、教養があり、法律、宮廷生活並びに騎士生活にはよく精通していた人物であったことが分かる。

この作品の執筆年代については、当時の宮廷詩人ハルトマン・フォン・アウエの宮廷叙事詩『エーレク』(一一八〇~八五年)や『イーヴァイン』(一二〇〇年)の中から引用されたと思われる部分もあり、またヴォルフラム・フォン・エッシェンバッハの『パルチファル』(一二〇〇~一〇年)とは互いに描写を貸し借りした形跡が見られることなどから、ニーベルンゲンの詩人は一二〇〇年から一二〇五年の間に『ニーベルンゲンの歌』を書き上げたものであると、ある程度正確に推定することができるのである。

3　『ニーベルンゲンの歌』の写本

そのニーベルンゲンの詩人が『ニーベルンゲンの歌』を書き上げると、たちまち好評を博し、各地でたくさんの写本に書き継がれていった。十八世紀以降から現在までに発見されている写本だけでも、完本・断片を含めて三十数種類にも及ぶ。ドイツの地では歴史から見ても数々の戦闘が続けられたので、焼失した写本も多かったであろうから、実際にはもっと多くの写本が存在していたに違いない。

現在遺されている写本のうち、十九世紀以降になって印刷本テクストとして出版されたのは、写本Bと写本Cである。文献学者カール・ラッハマン（一七九三～一八五一）により羊皮紙の写本の表記にはアルファベットの大文字を使い、紙の写本の場合には小文字を使うのが慣例となっている。

写本Bは「ザンクト・ガレン本」と呼ばれ、三人の書写家によって十三世紀半ばないし後半に書写されたものと推定される。もともとはヴェルデンベルク伯爵の所有であったが、十六世紀にはスイスの歴史家チューディの所有するところとなり、一七六八年にザンクト・ガレン修道院の図書館に移されて、現在そこの所蔵となっている。詩節数は二三七九詩節である。

写本Cは「ホーエンエムス・ラスベルクあるいはドーナウエッシンゲン本」、さらにまた数十年前からは「カールスルーエ本」とも呼ばれ、十三世紀前半に書写されたものである。写本Aと同じくホーエンエムス伯爵家に由来するが、それからラスベルク男爵の所有を経て、十九世紀半ばにはドーナウエッシンゲンのフェルステンベルク公爵の図書館に移されていた。現在ではカールスルーエのバーデン州立図書館の所蔵となっている。二四四〇詩節から成る。

なお、これらの写本では『ニーベルンゲンの歌』のあとにその後日談とも言うべき『哀歌』が続けて書写されていることを付け加えておこう。

『ニーベルンゲンの歌』の写本は作品最後の締め括りの言葉が「ニーベルンゲン族の災い（nôt）」となっているものと、「ニーベルンゲン族の歌（liet）」となっているものとの二種類に分類されるが、これまでの研究から『ニーベルンゲンの歌』の原典は「災い（nôt）」本の中にあるとされて、さまざまな研究を経て、現在では写本Bが原典に最も近いと考えられている。これに対して、写本Cは原典成立後に入念に企てられた改作であり、地理の矛盾点などが修正されたり、補足詩節が加えられたりして、作品全体がよりいっそう整然とした構成を見せている。

わが国でも『ニーベルンゲンの歌』は相良守峯訳（岩波文庫）をはじめ、いくつかの翻訳がなされているが、ほとんどが写本Bによる翻訳である。これに対して筆者は写本Cによる新訳を試み、現在「ちくま文庫」に加えられている。主人公のジークフリートは中世ドイツ語では「ジーフリト」であり、ブリュンヒルトは「プリュンヒルト」であるが、筆者訳は登場人物や地名などに関しては、現代ドイツ語のカタカナ表記を用いて、現代の人たちに馴染みのあるものにしている。本書でも、以下で『ニーベルンゲンの歌』の内容を紹介するにあたっては、読者により親しみのある現代ドイツ語のカタカナ表記を用いることにする。

第二節　『ニーベルンゲンの歌』におけるブリュンヒルトの特徴

ブリュンヒルトは、すでに第一章で述べたように、五、六世紀の「ブリュンヒルト伝説」では主人公であったが、十三世紀初頭に成立した『ニーベルンゲンの歌』では、完全な脇役である。この作品では北欧第二次伝承『ティードレクス・サガ』と同じように、ブリュンヒルトよりもクリームヒルトの方に重きが置かれていて、ブリュンヒルトは英雄ジークフリートの暗殺のきっかけとなる「両王妃口論」を展開させるためにのみ登場しているに過ぎない。しかし、それまで語り継がれてきたブリュンヒルト像があちこちに取り入れられて、興味深い存在であることには変わりない。以下、『ニーベルンゲンの歌』におけるブリュンヒルトの特徴を述べていくことにしよう。

1　女豪傑のアイスランド女王ブリュンヒルト

ライン河畔ブルグント国のグンター王は、親族たちの進言に従って妻を迎えることを考え始めるが、結婚相手に選んだのは、その国にも噂が伝わってきた北方に住む女王ブリュンヒルトであった。この女王ブリュンヒルトは次のように語られて登場する（引用にはちくま文庫の拙訳を用い、（　）内の漢数字で詩節を示す）。

海の彼方に一人の女王が君臨していた。
彼女に比べられる女性はどこにも知られていないほどで、
彼女は限りなく美しく、その力もたいへん優れていた。

彼女は愛を賭けて勇ましい英雄たちと槍を投げて競っていた。(三二九)

また石を遠くへ投げ、そのあとを追う幅跳びをも行った。
彼女に想いを向けようとする者は、
その三種競技で生まれ貴い女性に勝たねばならなかった。
一種目でも負ければ、その者は首を失ったのである。(三三〇)

このようにブリュンヒルトは『ニーベルンゲンの歌』では北方の国アイスランドの女王として登場する。これまで語り継がれてきたように、この作品でも女豪傑として登場するが、彼女に求婚する者は、「三種競技」で彼女を打ち負かさなければならない。

なんとしてもブリュンヒルトを妻としたいグンター王は、三種競技でそのような女豪傑を打ち負かす自信はない。そこでグンター王はちょうどそのときブルグント国に滞在していたニーダーラントの英雄ジークフリートに助力を願い出る。ジークフリートはかつての冒険でニーベルンゲンの財宝を獲得していて、その中には「隠れ蓑」もあり、それを被ると姿を消すこともできたので、グンター王の代わりを務めることができるからである。ジークフリートは以前からグンター王の妹クリームヒルトを妻にしたいと望んでいたので、今回の計画が成就した暁には妹を妻にもらうことを条件に、グンター王の手助けをすることになったのである。

こうしてグンター王とジークフリートの間では契約が成立し、「ジークフリートはグンター王の家来である」（三九五詩節、三行目）ということにしてアイスランドへ出かけて、ブリュンヒルトとの三種競技に臨む。もちろん実際に三種競技を行うのは、隠れ蓑で身を隠したジークフリートである。五、六世紀の原型ではブリュンヒルトとの結婚の条件は、「城の周りの炎の壁を越えてやって来ること」で、その後の北欧第一次伝承でもこの「炎を飛び越える」ことが条件とされていたが、『ニーベルンゲンの歌』では成立当時の十三世紀初頭の騎士社会にふさわしく「石投げ、幅跳び、槍投げの三種競技」

三種競技

に変えられていることが理解できよう。『ニーベルンゲンの歌』ではブリュンヒルトは北のアイスランドに君臨する女豪傑の女王として登場し、結婚の条件を三種競技としているところが特徴である。

2　気位の高い王妃ブリュンヒルト

こうしてブリュンヒルトは「隠れ蓑」を用いたジークフリートの策略によって三種競技に負けてグンター王の妃としてブルグント国にやって来るが、そこでは一貫して「気位の高い王妃」として描かれている。

グンター王とジークフリートとの契約に基づいてヴォルムスでは二組の結婚式が行われたが、その祝宴の席でブリュンヒルトはグンター王の妹クリームヒルトが家来であるはず

ヴォルムスに到着するブリュンヒルト

のジークフリートのそばに座っているのを見たとき、これほど口惜しいことはなかった。その場面は次のように語られている。

国王とともにブリュンヒルト王妃も座席に着いていた。
そこで彼女はクリームヒルトがジークフリートのそばに座っているのを見た。
彼女にとってこれほど口惜しいことはなかった。彼女は泣き始めた。
多くの熱い涙が彼女の明るい頬《ほお》の上を流れ落ちた。（六二三）

家来であるはずのジークフリートがグンター王の妹クリームヒルトのそばに座っていることが、ブリュンヒルトにとっては「口惜しい」（leit）ことであるが、なぜ彼女は涙を流すほど「口惜しい」のか。この場面については、これまでさまざまな議論が交わされてきた。北欧への伝承では、ブリュンヒルトはジークフリートと愛で結ばれていたとされる場合もあるので、その関係からブリュンヒルトはクリームヒルトへの嫉妬のために激しく泣いたという解釈も可能である。ただそれだと「涙」を流しての嫉妬は大袈裟過ぎることにもなりかねない。また『ニーベルンゲンの歌』では先のあらすじを見ても、そのような恋愛感情は少しも書かれていない。このあとの叙述などからもブリュンヒルトは「気位の高い王妃」であり、国王の妹クリームヒルトが家来のジークフリートの嫁になることが「口惜しい」

と考えるのが妥当であろう。事実、ブリュンヒルトはグンター王から涙を流す理由を聞かれて、次のように語っている。

「私は泣かずにいられないのです」、美しい王妃が言った、
「あなたのお妹様のことが、私にはとても悲しいのです。
彼女はあなたの家来のそばに座っているではありませんか。
あのように身分を卑《いや》しめられているのが、私には悲しくてなりません。」(六二五)

ブリュンヒルトは自分の妹となるクリームヒルトが家来の花嫁になることに、「王家としての侮辱」を感じているのである。彼女の「口惜しい」(leit) という言葉の中には、「侮辱」の意味が込められていると言えよう。グンター王がジークフリートも「立派な国王なのだ」(六二八、三)と言っても、ブリュンヒルトは納得せずに、「本当の話がもっと詳しく聞けるまでは、私は処女のままでいるつもりです」(六四〇、三~四)と言って、初夜のベッドの上ではグンター王の愛撫を拒むばかりか、グンター王を縛り上げて、壁の鉤《かぎ》に吊して、一晩中そのままにしておくのである。北欧第二次伝承の『ティードレクス・サガ』と同じ展開である。

このようにひどい目にあったグンター王は、再度ジークフリートに手助けを求め、ジークフリート

グンターを吊し上げるブリュンヒルト、ヘンリー・フュースリ

は再び隠れ蓑を用いて、今度はグンター王の姿に変身してブリュンヒルトをベッドの上で押さえつけてから、グンター王に引き渡したのである。北欧第二次伝承の『ティードレクス・サガ』と同じ展開であるが、一つ違う点は『ニーベルンゲンの歌』ではジークフリートはブリュンヒルトの処女を奪うことなく、グンター王に彼女を引き渡したという点である。ただジークフリートはそのときブリュンヒルトから指輪と帯を奪い取って、それをのちに妻クリームヒルトにあげてしまう。そのことがのちに災いの原因となるのである。

ブリュンヒルトを引き渡すジークフリート

いずれにしてもこの作品ではブリュンヒルトは地位にこだわる「気位の高い王妃」として描かれていると言えよう。

3　伺候しない家来ジークフリート夫妻に不満を感じるブリュンヒルト

この気位の高いブリュンヒルトの性格はグンター王の妻となったのちも引き続いて描かれている。つまり、結婚式のあと、ジークフリート夫妻は故郷のニーダーラントに帰っていくが、ブリュンヒルトは家来であるはずのジークフリートが十数年近く経っても一度も挨拶に来ないことに不満を抱くのである。その場面は次のように語られている。

ところが、グンター王の妃（ブリュンヒルト）は始終こう考えていた。
「クリームヒルトはどうしてあのように気位が高いのだろうか？
彼女の夫ジークフリートは私たちの家来ではないか。
彼が私たちに仕えないことに対して、決着をつけたいものだ。」（七三二）

そのあとの詩節でも詩人は、「彼らが疎遠《そえん》に振る舞っていることが、彼女には不満であった」（七三二、二）と語っている。ブリュンヒルトは家来のはずなのに伺候《しこう》しないクリームヒルトのことを「気位が高い」と言っているが、そのように思うブリュンヒルトの方こそ「気位が高い」王妃である。ブリュンヒルトはなんとしてもジークフリート夫妻にブルグント国に伺候させねばと思い、グンター王には、ジークフリート夫妻に会えれば、「この世でこれ以上うれしいことはありません」（七三六、四）と巧みに頼むので、グンター王は饗宴への招待というかたちでジークフリート夫妻に招待の使者を送るのである。

一方、招待の知らせを受けたクリームヒルトは、「懐郷の念」（herzleide、leide は leit の別形）（七四八、四）を覚えた女性として描かれており、この便りは好ましいものに思われた。企みに満ちた招待側のブリュンヒルトとは対照的に、クリームヒルトは喜びのために顔を輝かして、喜んでその招待に応じたのであり、彼女としては何の意図もない。ブルグントの故郷に恋い焦がれて旅立つのである。

4　饗宴の席での夫自慢

ジークフリート夫妻がヴォルムスに到着したときも、クリームヒルトは世にも美しい女性として描かれている（八〇六、三）のに対して、ブリュンヒルトは依然としてジークフリートを臣下と見なしている（八一〇、三）高慢な王妃である。

やがて両王妃が饗宴の席に着くと、二人は騎士たちの競技を見ながら、互いの夫自慢から口論を始めてしまうのである。その口論を始める場面は次のように語られている。

高貴な王妃たちは相並んで席に着いた。
彼女らは誉れ高い二人の勇士について語り合った。
王妃クリームヒルトが言った。「私の夫は、
これらすべての国々を手中に収めることのできる人です。」（八二四）

ブリュンヒルトが答えた。「そんなことはありません。
この世にあの方（ジークフリート）とあなたと二人しかいないものなら、
この国々もあの方の支配下にあることでしょう。
しかし、グンターがいる限り、それはあり得ません。」（八二五）

五、六世紀の原型ではこの両王妃の口論はライン河の中で展開されたが、『ニーベルンゲンの歌』では十三世紀の騎士社会に合わせて騎士たちの競技を見ているときとされている。いずれにしても夫自慢に変わりはない。

ただこの作品ではブリュンヒルトとクリームヒルトは明らかに対比的に描かれていて、ブリュンヒルトはあくまでも「王妃」という地位にこだわる気位の高い女性として描かれているのに対して、クリームヒルトは夫ジークフリートを心から愛する女性として描かれている。

先に引用したブリュンヒルトの言葉に対してクリームヒルトは、何の意図もなく、ただ愛する夫ジークフリートの誉れを称えて、こう言う。

するとクリームヒルトは言った。「あの人をご覧ください。
明るい月が星々を圧して光り輝いているように、
あの方はなんと堂々と勇士たちの前を歩いていることでしょう。
私が心楽しい気持ちでいられるのも当然のことです。」（八二六）

クリームヒルトが夫の姿を月に喩《たと》えて、「明るい月が星々を圧して光り輝いているよう」（八二六、三）と夫を褒め称えるが、この表現はかつてクリームヒルトが初めてジークフリートの前に姿を現したとき（二八五、二）と同じ表現であるのも、決して偶然ではない。クリームヒルトは夫ジークフリートを愛する女性として、単に無意識的に愛しい夫を褒め称えたに過ぎないのに、その無邪気な言葉がブリュンヒルトの王妃としての威厳を傷つけ、そのことが両王妃口論に拍車をかけることになるのである。
クリームヒルトはこの作品では明らかにブリュンヒルトと対比的に描かれているが、これはグンター王とジークフリートの違いでもある。すなわち、グンター王は「女王」という地位にあるブリュンヒルトに求婚したが、ジークフリートはあくまでも一人の女性としてのクリームヒルトの愛を求めて、当時の「高きミンネ」の精神に則って求婚していく。「高きミンネ」とは身分の高い女性に寄せる愛のことで、その女性の愛にふさわしい存在となるためには騎士として修業を続けなければならない。「高きミンネ」は十三世紀当時の騎士の教養として無くてはならないものとされた。ジークフリートはこの「高きミンネ」の精神に則ってクリームヒルトに求婚して、理想のかたちで結婚する。これに対してグンター王のブリュンヒルトへの求愛は、最初から他人の力を借りてのもので、「肉欲的」な求愛として描かれている。明らかに両者は対照的に描かれているのである。

この二人の夫たちの違いがそのまま王妃たちの違いともなっている。ブリュンヒルトは「王妃」という地位にこだわる女性で、あくまでもジークフリート夫妻を「家来」だと見なすが、それに対してクリームヒルトは心から夫ジークフリートを愛する女性として夫の優れた面を強調したに過ぎない。それがブリュンヒルトには「侮辱」だと思われて、二人の口論はますます激しくなっていき、「この国の人々が私に対してと同じくらいあなたに敬意を払うかどうか、見たいものですわ」（八三四、二〜三）とブリュンヒルトが言ったものだから、この両王妃口論は次には大聖堂前での人前での口論へと発展していくのである。

5　大聖堂前での口論

こうして二人の王妃は競って侍女たちを従えて大聖堂の前に進んで行き、そこで両王妃の口論は頂点に達する。クリームヒルトがまず最初に大聖堂の中に入ろうとすると、ブリュンヒルトは憎々しげにクリームヒルトに止まれと命じて、「臣下の身分の者は国王の妻の前を歩いてはいけません」（八四六、四）と言う。この言葉に怒りを覚えたクリームヒルトは、ブリュンヒルトを罵《ののし》って、こう言う。


するとと王妃クリームヒルトは心に怒りを覚えて言った。

「黙っていた方が、あなたにはよかったでしょうに。

あなたはご自分であなたのきれいな身体を汚したのです。

いつの時代に、国王の妃で側妻《そばめ》となったためしが本当にありましょうか？」（八四七、三〜四）

「側妻とは誰のことですか？」（八四八、一）とブリュンヒルトが尋ねるので、クリームヒルトはこう答える。

「あなたのことですよ」、クリームヒルトは言った、「あなたの
美しい身体を最初に愛してあげたのは、私の夫ジークフリートです。
あなたの処女を手に入れたのは、私の兄上ではありません。（八四八、二〜四）

あなたの分別はどこへいったのでしょう？　それはひどい企みだったのです。

あの人があなたの臣下なら、なぜあの人の愛を受けたのですか？

あなたの訴えには根拠がありませんわ」と、クリームヒルトが言った。（八四九、一〜三）

クリームヒルトはこのように一部嘘を織り交ぜて、グンター王の結婚の夜の秘密を暴露し、涙を流して泣くブリュンヒルトにかまわず、国王の妃に先んじて大聖堂の中に入っていくのである。ブリュンヒルトは侍女たちの前でこのような恥辱を受け、ますます辱《はずかし》められる結果となったのである。どんなに礼拝が行われ、またミサが歌われても、ブリュンヒルトはただ時の長いのを感じるのみであった。ミサが終わって大聖堂の外に出ると、ブリュンヒルトは先程の罵りの言葉をもっとよく聞き糾《ただ》さずにはいられない。よせばいいのにブリュンヒルトはそれを問い質《ただ》したがゆえに、さらにひどい決定的な恥辱を被ることになるのである。その場面はこう語られている。

ここの宮廷の王妃（ブリュンヒルト）が言った。「立ち止まりなさい。
あなたは私を側妻だと罵りましたが、どこでそんな恥辱が
私の身にふりかかったのか、ここで説明し、証拠を見せなさい。」（八五四、二〜四）

美しいクリームヒルトは言った。「私を止めねばよかったのに。
私が証拠とするのは、私の手に嵌《は》めてあるこの指輪です。
これは夫が初めてあなたのそばに寝た日に、私にもってきてくれたのです。」
ブリュンヒルトはこれ以上口惜しい日を体験したことはなかった。　（八五五）

「その指輪のことはよく知っています。それは盗まれていたものです」、
王妃は言った、「長いこと行方不明になっていたものです。
誰がそれを盗んだのか、やっと突き止めることができました。」
王妃は二人とも大きな激怒を覚えた。　（八五六）

クリームヒルトが再び言った。「私は盗人ではありません。
名誉を守りたければ、あなたは黙っていた方がよかったのに。
私が嘘をついていない証拠は、ここで私が締めている
この帯です。私のジークフリートは確かにあなたの夫なのです。」（八五七）

クリームヒルトはこう言って、自分が締めているその帯をブリュンヒルトに見せるのである。「指

両王妃口論の場で帯を見せつけられるブリュンヒルト（左）

輪は盗まれていたもの」（八五六、二）と言って、言い逃れることはできるが、帯はそういうわけにはいかない。帯まで証拠に見せつけられると、ブリュンヒルトはもはや何の反論もできずに、一人自分の部屋に閉じこもってしまうのである。

これまでの伝承ではごく簡単にしか語られていなかったこの両王妃口論をニーベルンゲンの詩人は、このように詳しく、またブリュンヒルトの恥辱がだんだんとひどくなっていくさまを見事なタッチで展開させている。『ニーベルンゲンの歌』の中でもこの両王妃口論は白眉《はくび》ではあるまいか。この作品における最も優れた読みどころのうちの一つと言えよう。

6　ジークフリート暗殺に際してのブリュンヒルト

こうしてブリュンヒルトは決定的な「恥辱」を被ったのであるが、この作品で特徴的なことは、ブリュンヒルトはただ侮辱されたことを悲しんで沈み込んでいるだけということである。この作品でジークフリート暗殺をグンター王に訴えたのは、家臣のハーゲンである。ハーゲンは沈み込んでいるブリュンヒルトにそのわけを尋ね、クリームヒルトからひどい恥辱を受けたことを聞き知ると、「それはクリームヒルトの夫が償わなければならない」（八七二、三）と訴えて、グンター王らを説得するのである。ハーゲンとジークフリートとの対立は、以前の伝承にも言えるように、宿命的であったのである。ハーゲンはハーゲンでいずれは目の上のたんこぶのような存在であったジークフリートを暗殺しなければならないと考えていたのであり、また同時に権力増大のためにジークフリートの所有していたニーベルンゲンの財宝をも狙っていたのである。こうしてハーゲンはこのブリュンヒルトの「恥辱」をうまく利用したのであり、ブリュンヒルトからすれば、クリームヒルトから受けた恥辱は、ハーゲンの本来の宿命的計画（暗殺）のために利用されたに過ぎない。その英雄暗殺の場面はブリュンヒルトではなく、ハーゲンによって動かされていると言ってもよいであろう。そのハーゲンによるジークフリート暗殺後も、たとえば北欧の伝承のように、ブリュンヒルトは自らの胸を突き刺して、自害して果てることもない。この作品では知らぬ間に姿を消して、舞台から退いているのである。英雄ジークフリートの暗殺に関しては、ハーゲンが主人公であり、ハーゲンがクローズアップされたことに伴い、このハーゲンに復讐をしていくかたちで、後編ではクリームヒルトがあらすじを動かす主人公となるのである。

以上のとおり、『ニーベルンゲンの歌』ではブリュンヒルトはクリームヒルトと対比的に描かれた「気位の高い王妃」として登場し、その役割は両王妃口論を展開させることである。その証拠にブリュンヒルトはジークフリート暗殺後に自害して果てることもなく、クリームヒルトがフン族のエッツェル王と結婚する後編においては、エッツェル王の使者がヴォルムスに着いた場面で一度（一五一八、一およぴ一五一九、二）ブリュンヒルトの名前が挙げられ、そのほかにはグンター王たちがフン族の国へ旅立つ場面で、「美しい王妃」（一五四八、三）、「愛しい人」（一五四九、三）、「悲しみに沈んだ妃」（一五五五、四）あるいは単に「王妃」（一五五二、二ほか一五五五、二および一五五六、一）という表現で語られているだけで、もはや名前は挙げられずに、あらすじを動かす人物としてはまったく登場しない。『ニーベルンゲンの歌』ではクリームヒルトの方に重点が置かれていて、ブリュンヒルトは両王妃口論を引き起こすだけの脇役に過ぎないことが明らかである。北欧ではブリュンヒルトがますます重要視されていったのに対して、南方のドイツ・オーストリアでは反対にクリームヒルトが主人公になっていることが容易に理解できよう。

第三節　「権力」と「愛」の戦いの二重構造

右では、「ブリュンヒルトは脇役に過ぎない」と述べたが、しかし、『ニーベルンゲンの歌』の作品構造の面から言えば、クリームヒルトとコントラストを成す登場人物としてブリュンヒルトは必要不可欠な存在である。前編で夫ジークフリートをグンター王の家臣ハーゲンに暗殺されてしまい、それに対してクリームヒルトは後編においてフン族のエッツェル王と再婚してまで、ハーゲンとその主君である実の兄グンターに復讐を計画し、残忍な「鬼女」（二四三一、四）ともなって、その復讐を遂げてしまうのである。その復讐の原動力となったのは、愛しいジークフリートへの誠実な「愛」であり、そのことは後編の中ではっきりと語られている。後編においてクリームヒルトが「財宝」にこだわるのも、それが愛しいジークフリートの「結婚の贈り物」（一一二九、四）だったからであり、ブルグント国の権勢を強めるために「財宝」を奪い取ったハーゲンとコントラストを成すものである。ここにはクリームヒルトの「愛」とハーゲンおよびグンター王の「権力」との戦いが認められる。

また後編においてクリームヒルトは、フン族のエッツェル王の妃となっても愛しいジークフリートと一緒に過ごした故郷で自分の身に起こった「悲しみ」（leide）（一四一八および一四一九）のことが忘れられずに、涙を流す場面がある。その場面は次のように語られている。

王妃（クリームヒルト）はラインで気高い夫（ジークフリート）のそばで過ごした頃のことを思い出して、その目は涙で濡れた。

彼女はそれをしかと隠していたので、誰にも気づかれることはなかった。

数々の悲しみ（leide）を経たのちのことで、ここではそれだけ名誉も多かった。（一三九八）

このクリームヒルトの「悲しみ」（leit, leide）（一三九八、四）は前編のブリュンヒルトの「悲しみ」（leit）（六二三、三）と対になっている。しかも前編のブリュンヒルトの「涙」は人前で見せたものであるのに対して、後編のクリームヒルトの「涙」は他人には隠したものである。前編のブリュンヒルトの「悲しみ」が「国家の侮辱」を意味するものであれば、後編のクリームヒルトの「悲しみ」は愛しい夫ジークフリートを失った悲しみであり、あらゆる点において両者はコントラストを成しているのである。二人の王妃はそれぞれの「悲しみ」(leit)から復讐を遂げる(ブリュンヒルトの場合はハーゲンの手を借りてのことであるが)のであり、『ニーベルンゲンの歌』には前編と後編で「二つの悲しみ」(leit)による復讐物語が展開されていくのである。しかも前編は「権力」のための復讐であり、後編は「愛」のための復讐である。ここにブリュンヒルトの「権力」とクリームヒルトの「愛」の対立がある。『ニーベルンゲンの歌』全体はこの「権力」と「愛」の二重構造で構成されているのである。この「権力と愛」の対立の二重構造のためには、ブリュンヒルトはやはり単なる「脇役」ではなく、必要不可欠な登場人物だと言い直してもよいであろう。

第四節　『ニーベルンゲンの歌』以後の作品

このドイツ中世英雄叙事詩『ニーベルンゲンの歌』の成立でもって五、六世紀以来のニーベルンゲン伝説も一応の定着をみたと言えるが、この作品成立以後もニーベルンゲン伝説はいろいろなかたちで伝承されていく。十六世紀には韻文版『不死身のザイフリート』が印刷本で発行され、一五五七年にはニュルンベルクの靴屋の親方ハンス・ザックスが悲劇『不死身のゾイフリート』を刊行し、さらに十七、十八世紀になると、民衆本『不死身のジークフリート』も大量に印刷されて広く伝承されていく。ただこれらの作品での主人公はもっぱら竜退治のジークフリートであり、クリームヒルトはその竜に誘拐された乙女として登場するだけで、特に詳しく書かれている箇所もない。ブリュンヒルトになると、まったく名前すら読み取られない。

こうしてニーベルンゲン伝説は悪竜に誘拐された美女を救い出すためのジークフリートの冒険が語り継がれていくだけで、従来の古代ゲルマン的な悲劇性は感じられずに、やがてはドイツ（神聖ローマ帝国）を中心に宗教をめぐって始まった三十年戦争（一六一八～四八）の影響などもあって、ドイツ文化は衰退の一途を辿るばかりで、『ニーベルンゲンの歌』の写本は片隅に追いやられて、だんだんと人々の記憶から忘れ去られていくである。

竜と戦うジークフリートと誘拐されたクリームヒルト
『不死身のザイフリート』木版画

第五章　近代におけるニーベルンゲン伝承作品

第一節　ニーベルンゲン伝説の再発見

1　『ニーベルンゲンの歌』写本の再発見

こうしてドイツ文化が衰退を続ける状況下にあって、ニーベルンゲン伝説が再発見されるのは、十八世紀後半以降のことである。それに貢献したのが、チューリヒのボードマー（一六九八～一七八三）である。中世文学に深い関心を抱いていたこのボードマーの勧めで、リンダウの若い医師オーベライト（一七二五～九八）がフォーアアルルベルクのホーエンエムス伯爵の図書館を訪れ、そこで『ニーベルンゲンの歌』の写本を再発見した。これがのちに写本Cと呼ばれる写本であるが、これを皮切りに一七六九年には写本Bがザンクト・ガレンにおいて、また一七七九年には写本Aが、写本Cの発見場所と同じホーエンエムス伯爵家において発見されるなど、その後も数々の写本が発見されることとなるのである。

ともかくオーベライトからこの写本発見の報告を受けたボードマーは、一七五七年に『ニーベルンゲンの歌』の最初のテクストを刊行したが、それは前半を切り捨てて後半のみを収録した上、この作品の後日談にあたる『哀歌』を結合させるというものだったので、大きな反響を見るには至らなかった。ボードマーと同様にチューリヒ出身のクリストフ・ハインリヒ・ミュラー（一七四〇〜一八〇七）は一七八二年に『ニーベルンゲンの歌』の最初の完本を刊行したが、これもボードマー版（写本C）を基盤として、それに欠けている部分は写本Aのテクストを用いるなどして、厳密な校訂を経ない不完全なものであった。ミュラーはこれをプロイセンのフリードリヒ大王（在位一七四〇〜八六）に献呈したが、大王はその刊行者にあてた手紙（一七八四年二月二十二日付）の中で、この中世の作品を軽蔑して、「一文の価値もなく、過去の塵《ちり》の中から掘り出される価値もない、大変粗末な物」と評したことは、あまりにも有名である。このフリードリヒ大王の無理解は極端な例と言うべきかもしれないが、当時のドイツはまだ外国文化への追随時代であり、自国固有の民族精神や伝統を尊重すべき基礎ができていなかったのである。

2 ドイツ・ロマン派詩人たちによる伝承

このように当初はあまり注目されなかった『ニーベルンゲンの歌』が、その後広く人々に受け容れられるようになったきっかけとしては、ヨハン・ゴットフリート・フォン・ヘルダー（一七四四〜一八〇三）の影響が挙げられる。自国文化の基礎ができていなかった当時にあって、自らの民族の伝統に眼を開き、自然の声に耳を傾けることを教えたこのヘルダーに感化されたロマン主義の作家たちが祖国の古い中世文学に傾倒し、それを素材にしてさまざまな作品を創り始めたのである。

まずルートヴィヒ・ティーク（一七七三〜一八五三）は、友人ヴィルヘルム・ハインリヒ・ヴァッケンローダー（一七七三〜九八）とともに中世の本来の再発見者であると言われている。彼は一八〇三年に『シュヴァーベン時代のミンネ歌謡』を出版し、この中の序論で『ニーベルンゲンの歌』にも触れている。翌一八〇四年には『若き日のジークフリート』および『竜殺しのジークフリート』という二つのバラード風の詩（ロマンツェ）を書いており、さらにのちには『ニーベルンゲン族の歌』の翻訳も試みている。グリム兄弟――ヤーコプ・グリム（一七八五〜一八六三）とヴィルヘルム・グリム（一七八六〜一八五九）――は、このティークの作品、特に最初に挙げた一八〇三年の著書の序論に大きな影響を受けて、中世文学研究にも専念して、数多くの論文を書いていくのである。『ニーベルンゲンの歌』に関する論文として、兄ヤーコプには一八〇七年の『ニーベルンゲンの歌について』をはじめ、一八三五年の『ドイツ神話』などがあり、また弟ヴィルヘルムには一八〇八年の『フォン・デァ・ハーゲンによる刊行のニーベルンゲンの歌』をはじめとして、『古

グリム兄弟

代ドイツ文学の成立とその北欧文学との関係について』や一八二九年の『ドイツ英雄伝説』などがある。これらの作品はのちに多くの作家たち、その中でもとりわけワーグナーに大きな影響を与え、このワーグナーによってニーベルンゲン伝説は、その後さらにその名を後世に伝えていくことになるのである。ワーグナーについては第六章において詳しく述べる予定である。

3 『ニーベルンゲンの歌』の戦陣版

このように『ニーベルンゲンの歌』が広く受け容れられるようになった動機の一つがロマン主義運動であるならば、もう一つの動機として政治的事情も挙げられよう。代々皇帝の冠を戴いてきたオーストリアも、また新興国プロイセンも、ナポレオン軍の侵入によって次第にその力を弱められていき、ついに一八〇六年八月六日にフランツ二世が退位したことにより、ドイツ国民の神聖ローマ帝国も解体されていった。そのまさに政治的衰退の時代に、ドイツ民族思想、ドイツ愛国心が生まれ、これが精神的復興をめざして古ドイツ文学に取り組んでいくことを助長したのである。殊に『ニーベルンゲンの歌』はドイツ民族的叙事詩として以前よりももっと広い関心を見出した。このわずか数十年のうちにこの作品の評価について生じた変遷を如実に物語っているのは、その戦陣版が出版されたことである。復興をめざしたプロイセン改革の一環として一八一〇年にはベルリン大学が新設されたが、『ニーベルンゲンの歌』の講義をも担当した地理学教授ヨハネス・アウグスト・ツォイネ（一七七八〜

一八五三）はドイツ自由戦争の時代に――すなわち一八一五年、連合軍がエルバ島から立ち帰ったナポレオンを迎え討とうとしている矢先に――戦陣版を出版した。多くの若者たちは戦陣版『ニーベルンゲンの歌』をナポレオンとの戦いに持って行くことを欲したのである。

4　文献学的研究による『ニーベルンゲンの歌』のテクスト刊行

こうしていくつかの動機から中世文学への関心が高まっていったのであるが、この時期に最も大きな熱意と最も強力な野望とを持って『ニーベルンゲンの歌』研究に尽力した人物は、フリードリヒ・ハインリヒ・フォン・デァ・ハーゲン（一七八〇～一八五六）である。一八〇二～三年にヴィルヘルム・シュレーゲル（一七六七～一八四五）がベルリン大学で行った中世文学の講義を聴いたことのある彼は、『ニーベルンゲンの歌』研究に没頭し、テクスト刊行を何度か企て、一八一六年の第三版でもって初めてザンクト・ガレンの完全なテクスト（写本B）を普及させることに成功した。このフリードリヒ・ハインリヒ・フォン・デァ・ハーゲンのテクスト刊行によって『ニーベルンゲンの歌』との文献学的な取り組みが集中的に始まったのであり、やがてこの文献学的研究はカール・ラッハマン（本書87ページ）などの登場によって活発になっていき、やがてはアンドレス・ホイスラー（本書16ページ）が現れ、ニーベルンゲン伝説の全貌が明らかにされていくのである。

第二節　ド・ラ・モット・フケーの戯曲『北欧の英雄』

1　フケーの戯曲『北欧の英雄』三部作の執筆

このようにニーベルンゲン伝説は十九世紀の政治的事情なども加わって、とりわけドイツ・ロマン派の詩人たちによって再発見されて、十九世紀に再び脚光を浴びることになった。ロマン派の詩人の中でも特に後世に大きな影響を及ぼしたという点でもう一人挙げなくてはならないのが、ド・ラ・モット・フケー（一七七七～一八四三）である。彼は少年時代から古代ゲルマンの神話や英雄伝説に親しみ、一八〇三年に雑誌「ヨーロッパ」に戯曲小説『鍛冶屋におけるジークフリート』を発表してから、ますますニーベルンゲン伝説に専念するようになった。彼はスウェーデン語、デンマーク語そしてアイスランド語を学び、スノリの『散文エッダ』を研究し、『ニーベルンゲンの歌』にも取り組んだ。この頃にはすでに『歌謡エッダ』や『ヴォルスンガ・サガ』などにもかなり精通していたと思われる。他方ではアイスキュロスの悲劇研究によって戯曲への関心も高まり、一八〇七年にはニーベルンゲン伝説の戯曲化を思い立

ド・ラ・モット・フケー

つに至った。この戯曲の執筆は、当時精力的にニーベルンゲン研究に取り組んでいたフリードリヒ・ハインリヒ・フォン・デァ・ハーゲンなどの影響もあって着々と進み、一八〇八年には『大蛇殺しのジグルト』を出版した。予想以上に好評を博したので、大急ぎでフケーは一八〇九年五月までに第二部として『ジグルトの復讐』を、そして第三部として『アスラウガ』を仕上げた。これら三つの作品は翌一八一〇年に『北欧の英雄』という表題を持つ三部作として出版された。この三部作のうち第一部『大蛇殺しのジグルト』にブリュンヒルトが登場する。ただこのブリュンヒルトはこの作品ではブリュンヒルドゥルと表記されている。北欧伝承の影響が大きい作品なので、本書でも以下に紹介するにあたってはフケーによる表記をそのまま使うこととする。

2　戯曲『大蛇殺しのジグルト』

＊序幕（名剣グラムルの完成）

第一部『大蛇殺しのジグルト』には「六幕の英雄劇」という副題がついているが、その全六幕の前に序幕が添えられている。この序幕で取り扱われているのは、名剣グラムルが完成するエピソードである。鍛冶屋ライゲンは名剣を鍛え上げようとするが、なかなか出来上がらない。腕白少年ジグルト（ジークフリート）がそれを手にすると、すぐに折れてしまうのである。この作品では鍛冶屋ライゲンのもとでジグルトの母ヒオルディーザも一緒に暮らしており、母は外套の中から壊れた剣の破片を取り出して、それをジグルトに渡しながら、父のことを話して聞かせる。それによると、その剣はジグルトの父ジークムントがヴォルスングの広間にある大きな木の幹から引き抜いて手に入れたものであるが、その後、傲慢《ごうまん》なリンゴ王と戦った折に打ち砕かれてしまったという。そしてその剣の破片は父が死に際にやがて生まれてくる息子のために母に託したものであるという。この話を聞くと、ジグルトは鍛冶屋ライゲンに、この剣の破片を使って剣を鍛え上げるよう命じ、まもなく名剣グラムルが完成するのである。従来の伝承ではその名剣を鍛え上げるのは、ジグルト本人であるが、この作品では鍛冶屋ライゲンであり、またジグルトの母も鍛冶屋ライゲンのもとで生き延びているところが特徴である。

グラムルの切れ味を確かめるジグルト

＊第一幕（大蛇ファフナー退治）

その名剣でジグルトがグニタハイデの荒野で大蛇ファフナーを退治するのが、第一幕である。その大蛇退治の前に一人の老人（のちにオーディンだと分かる）が現れ、その助言に従ってジグルトは、洞穴に身を隠し、やがて大蛇がゆっくりと這い出してきて、洞穴に近づいて脇腹を見せたとき、その脇腹に剣を突き刺すのである。この大蛇退治については、北欧の伝承に従っていることが明らかである。ジグルトは大蛇の心臓を火であぶって食べると、小鳥の声が理解できるようになった。二羽の小鳥から、鍛冶屋ライゲンがジグルトを片付けて財宝を独り占めにしようとしていることを聞き知って、ジグルトはライゲンを成敗した。ライゲンが息を引き取る前に、ジグルトは侏儒《こびと》アンドヴァルが指輪に呪いをかけたことを聞き知るが、その脅迫のために財宝を手放したくはなかったので、指輪と財宝を馬グラニに乗せて、旅を続けた。

＊第二幕（ブリュンヒルドゥルの目覚め）

ヒンダルフィアルの山上の館でブリュンヒルドゥルが鎧を身に着け、剣をそばに置いて眠っている。その周りに三人のノルン（運命の女神）がいて、ブリュンヒルドゥルの過去と現在そして未来の出来事を語っている。それによると、ブリュンヒルドゥルは老ヒアルムグンナル王と英雄アグナルとの戦いで、オーディンの命令に逆らって後者の英雄に勝利をもたらしたので、罰として炎の中で眠りにつかされて、現在もそのままであるが、やがてその炎を通り抜けてやって来る英雄によって目覚めさせられるだろうというのである。

その三人のノルンたちの予言どおり、炎を通り抜けてやって来たのが、英雄ジグルトである。ジグルトは眠っている若者の装身具を脱がせてみると、女性であることを知って、驚いてしまう。「男ではない！　乙女だ！」というその驚きの声でブリュンヒルドゥルは目覚める。この女性の目覚めにジグルトの方も感動する。ブリュンヒルドゥルはこれまで眠りにつかされていた経緯を語り、自分はアトリの妹であることを知らせてから、最後にはジグルトのこともよく知っていると言った。不思議に思うジグルトに対してブリュンヒルドゥルは自分には豊かな知識が神々から授けられていることを明かした。彼女はワインの杯を持って来たので、ジグルトはそれを飲んでから、「永遠の誠実」を誓った。彼女もすべてを捧げることを誓うが、同時に彼女はジグルトがまた新たな冒険を求めて世界へ旅立つことを知っている。ジグルトは愛のあかしとしてアンドヴァルの指輪を彼女に渡すと、翌日彼女のもとを離れていった。やがてジグルトはブリュンヒルドゥルの義兄ハイマー王の城にやって来て、ブリュンヒルドゥルと再会し、彼女と再度婚約する。この二度にわたる婚約は、素材の『ヴォルスンガ・サガ』をそのまま利用したことから生じたもので、フケーの目的は新しい物語を創作するというよりは、北欧の素材を戯曲の形式で再構築することにあることが分かる。二度にわたってブリュンヒルドゥルと婚約を交わしたジグルトは、また冒険の旅に出かけていった。

眠りから目覚めるブリュンヒルデ、アーサー・ラッカム

＊第三幕（ジグルトとグートルーナの結婚）

ジグルトが次にやって来たのは、ライン河畔ヴォルムスのギューキ王と妃グリームヒルトのもとである。無断で入国してきたジグルトを相手にして三種競技が行われるが、ジグルトが勝利を収めたので、王妃グリームヒルトが彼に飲み物を差し出して、「ギューキ王が父となり、私が母、そして息子たちが兄弟となる」ことを約束する。しかし、その飲み物は忘れ薬だったので、ジグルトは記憶を失い、ジグルトが宴の席でグンナルの妹グートルーナに愛をほのめかすと、王妃グリームヒルトは娘グートルーナをジグルトの花嫁とすることにして、ギューキ王を説得した。ギューキ王もそれを承諾したので、ジグルトとグートルーナとの結婚が実現した。

＊第四幕（グンナルのブリュンヒルドゥルへの求婚）

グートルーナを娶《めと》ったジグルトは、ギューキ王の城に滞在し、やがて息子を儲《もう》けた。ジグルトはその後も敵を倒したりして、この城のために尽くしている。やがて王妃グリームヒルトは長男グンナルに花嫁として、ブドリ王の愛娘《まなむすめ》で、アトリの妹であるブリュンヒルドゥルを迎えるように勧めた。「炎の垣根を跳び越えることのできる者だけが、彼女を手に入れることができる」という母后《ぼこう》の言葉に刺激されて、グンナルはただちにブリュンヒルドゥルに求婚することを決意し、ジグルトに同行を求めた。ジグルトはすぐにそれを承諾して、義兄の求婚の旅についていった。

ヒンダルフィアルに着いてグンナルは自分の馬で炎を乗り越えようとするが、馬は動かない。そこでジグルトがグンナルと姿を交換して、炎を乗り越えて、ブリュンヒルドゥルの前に来ると、ギューキ王の長男グンナルだと名乗り、彼女に求婚した。彼女は炎を乗り越えられるのは英雄ジグルトしかいないと思っていたので、ためらいを覚えたが、誓いによりそれを承諾する。さらに彼女は自分の指に嵌《は》めていたアンドヴァルの指輪を要求されて、それを渡してしまう。その指輪を手にしたジグルトは、彼女との間に名剣グラムルを置いて、グンナルとの誓いを守ることにして、ブリュンヒルドゥルを部屋に導き入れた。

こうしてジグルトは再びグンナルと姿を交換して、先触れの使者としてヴォルムスに首尾よい報告をもたらした。王妃グリームヒルトとグートルーナは花嫁の出迎えの準備を始めた。やがて花嫁の一行がヴォルムスに到着するが、ジグルトはだんだんと記憶が蘇ってきたので、一行の中にブリュンヒルドゥルの姿を見つけて、愕然《がくぜん》とした。

＊第五幕（両王妃の口論）

第五幕で展開されるのは、両王妃口論である。口論の場所はブリュンヒルト伝説の原型と同じくライン河の中である。グートルーナとブリュンヒルドゥルはどちらが先に髪を洗うかで、その順番をめぐって地位争いの口論を始め、それが夫自慢の口論となり、炎を乗り越えてブリュンヒルドゥルを花嫁にしたのがジグルトであった証拠として、グートルーナはアンドヴァルの指輪を見せた。そのことからブリュンヒルドゥルはひどい侮辱を受けることとなって、それ以降は一人部屋に閉じこもったままである。やがてブリュンヒルドゥルは「二人の夫が一つの城にいる」ことを訴えて、ジグルト暗殺を要求する。グンナルの弟ヘグネは暗殺に反対するが、兄弟の誓いに加わっていない弟グットルムに暗殺の役目が与えられた。

＊第六幕（ジグルトの暗殺）

そのグットルムがジグルトを暗殺するのが第六幕である。グットルムはジグルトが寝ている部屋に入っていって、一度は怯《ひる》んだものの、二度目にはジグルトに剣を突き立てた。ひどい血のしぶきで目覚めたジグルトは、逃げるグットルムに名剣グラムルを投げつけて、彼を殺すが、そのあと自身も息を引き取ってしまう。グートルーナが夫の死で悲鳴を上げているのを聞いたブリュンヒルドゥルは、荒々しい笑い声（伝統的な「高笑い」）を上げたのち、従者たちに黄金をばらまくよう命じてから、ジグルトの名剣グラムルを自分の胸に突き刺す。血を流しながら、ブリュンヒルドゥルはグンナルに向かって、薪の山を築いて自分とジグルトの遺体を他の者たちと一緒に焼いてくれるよう頼んで、自らがその薪に火をつけて、ジグルトの死に殉ずるのである。『ヴォルスンガ・サガ』とほぼ同じ展開であるが、この作品では最後にその燃える薪の中から三人のノルンが現れて、「人間は決して私たちから逃れることはできない」という意味の歌を歌って、全体を締め括るのである。

以上のように見てくると、フケーは主に北欧第一次伝承の『ヴォルスンガ・サガ』を素材として、その中のさまざまなエピソードを巧みに取り入れて、英雄ジグルトの物語を戯曲にしていることが明らかである。ジグルトがブリュンヒルドゥルを目覚めさせるエピソードについても、『ヴォルスンガ・サガ』を題材に、ほとんど忠実に戯曲化している。フケーの関心はジグルトとブリュンヒルドゥルの物語を新しく創り上げるというよりは、北欧第一次伝承を再現することの方にあるのである。そのため全体の劇的構成の面で均整を欠くきらいはあるものの、北欧第一次伝承を自らの戯曲の中にできるだけたくさん織り込んでいる点で存在価値の高い作品である。このフケーの戯曲をのちにワーグナーは楽劇『ニーベルングの指環』の素材の一つとして用いたと推定される。ワーグナーの伯父アードルフはフケーと親しく交わっていただけに、このフケーの作品がワーグナーの周辺にあったことは、大いにあり得ることだからである。ワーグナーにも影響を及ぼしたという点でも、このフケーの戯曲は注目すべき作品であると言ってもよいであろう。

第三節　エルンスト・ラウパッハの戯曲『ニーベルンゲンの財宝』

1　戯曲『ニーベルンゲンの財宝』の上演

このようにニーベルンゲン伝説の復活にはドイツ・ロマン主義の詩人たちによるところが大きいのであるが、その後、ニーベルンゲン伝説はドイツ・ロマン派の詩人たちだけではなく、多くの作家によっても受容されていく。その中でもとりわけ注目したいのは、エルンスト・ラウパッハの戯曲『ニーベルンゲンの財宝』（一八二八年初演）である。

エルンスト・ラウパッハ（一七八四〜一八五二）は、リーグニッツ（現ポーランド）近郊のストラウピッツ生まれで、しばらくロシアで暮らしていたが、一八二二年にベルリンへ移住して、それ以降は没するまでベルリン王宮劇場のための作品を数多く残した劇作家である。戯曲『ニーベルンゲンの財宝』もそのうちの一つであり、一八二八年に初演され、一八三四年に出版された。この戯曲はその後もひんぱんに上演され、なかでもウィーンのブルク劇場ではハイン

エルンスト・ラウパッハ

リヒ・ラウベ監督のもとでよく上演されたようである。この戯曲は現在ではほとんど上演される機会もなく、人々から忘れ去られているが、しかし、ニーベルンゲン伝説の受容史においてはフリードリヒ・ヘッベルに影響を与えたという意味で貴重な作品である。戯曲全体は序幕と全五幕から成る。以下、その戯曲の内容をブリュンヒルトに焦点をあてて紹介していくことにしよう。

2　ラウパッハの戯曲『ニーベルンゲンの財宝』の内容

＊序幕（ジークフリートの乙女解放と財宝獲得）

若き英雄ジークフリートは一人の気絶した乙女を連れて登場する。乙女に口づけすると、彼女は目覚めて、彼女が語るところによると、彼女はライン河畔ヴォルムスのブルグント国王ギュンターの娘で、名前をクリームヒルトといい、ある日、バルコニーに立っていると、恐ろしい竜が飛んで来て、この岩山に連れ去られたという。一年以上もこの岩山で囚われの生活を送っていたが、今こうして英雄ジークフリートによって竜から解放されたのである。この冒頭の部分では十六世紀の韻文版『不死身のザイフリート（ジークフリート）』が素材に用いられていることが明らかである。ただこの戯曲ではジークフリートが竜の所有していた財宝を執拗に欲しがっていることになっている。ジークフリートの竜退治によって同時に侏儒《こびと》一族も解放されたことになり、侏儒オイゲルはその財宝にかけられた呪いのことを話して、ジークフリートに財宝をこの岩山に残していくように警告するが、ジークフリートはその警告にもかかわらず、財宝を運ぶために馬かロバを要求するのである。

ちょうどそこへ妹を探して何年間も旅を続けていたギュンター王の一行がやって来て、ギュンター王はジークフリートがイーゼンラントのブルンヒルト（ブリュンヒルト）への求婚に手助けしてくれたら、妹を彼の妻にしてやることを約束する。こうしてジークフリートはギュンター王とともにこの岩山から直接イーゼンラントへ向かうことになったので、クリームヒルトはひとまずフォルカーの護衛のもとでヴォルムスに帰ることになった。その際、ジークフリートは侏儒オイゲルに財宝をヴォルムスへ運ぶ準備を命ずると、侏儒オイゲルは一人の侏儒にジークフリートのために「霧の頭巾」を持って来させるとともに、財宝を箱や袋に詰めさせて、ヴォルムスに向かう馬に乗せさせた。しかし、侏儒オイゲルは人間が財宝に欲望を示して、自分たちの警告を無視したことを嘆きながらその場を立ち去っていった。戯曲にふさわしく、侏儒オイゲルが語り手となって悲劇を予告しているところが、この作品の特徴である。

＊第一幕（ギュンター王のブルンヒルトへの求婚）

第一幕の舞台はイーゼンラントのブルンヒルトの城である。ブルンヒルトの家来ギリトを通じてギュンター王の求婚の意志が伝えられると、三種競技が行われることになる。その三種競技は舞台上では演じられずに、それを見ているギリトと婦人によって語られるだけである。ジークフリートはそのとき海岸で船の見張りをしていたことになっている。ブルンヒルトと三種競技を行ったのは、ギュンター王であったが、彼はジークフリートの「霧の頭巾」を借りたので、そのおかげで三種競技では勝利を収めることができた。このあたりはエルンスト・ラウパッハの新しい試みが見られる。ところが、三種競技に敗れたブルンヒルトは武装を解いたものの、胸の下には銀のルーネ文字の入った深紅色の帯を締めており、この帯には強い力が込められていたので、なおもギュンター王に反抗を見せた。ギュンター王は、再度ジークフリートに手助けをしてくれるようにと頼む。そのとき忠実なハーゲンはそのような企みはやめるようにと警告するが、ギュンターは自分の意志を変えるつもりはない。ギュンターの固い意志を聞いて、ハーゲンも仕方なく承諾する。そのあとジークフリートが「霧の頭巾」を被ってブルンヒルトを押さえつけてギュンター王に引き渡す場面は、舞台上では演じられないが、続く第二幕ではそのことが前提となっている。このあたりは戯曲による特徴とも言えよう。

＊第二幕（両王妃の口論）

ヴォルムスの宮廷ではギュンター王とブルンヒルトの結婚式とともに、ジークフリートとクリームヒルトの結婚式が行われ、それから一年後にはそれぞれの夫婦に一人の息子が生まれたことになっている。ヴォルムスの城では騎士たちによる競技が行われており、それを見ていたブルンヒルトが突然怒ってバルコニーの見物席を中座して退いたところから、第二幕が始まる。ギュンター王が妻に理由を聞くと、ブルンヒルトは義妹クリームヒルトがジークフリートから婚礼の贈り物にもらったニーベルンゲンの財宝でもって自分よりもきらびやかな生活をしていることに嫉妬を覚えているのである。そこで彼女はジークフリート夫妻をこの宮廷からニーダーラントの故郷へ帰らせるよう要求する。それにハーゲンは賛同するが、ギュンター王はいろいろと自分のために尽くしてくれたジークフリートにここを立ち去るように命じるわけにもいかない。

そうしているうちにクリームヒルトが戸棚の中で帯を見つけて、その由来を夫ジークフリートに尋ねる。ジークフリートはそれをニーベルンゲンの財宝の一つ、ないしは冒険の旅で勝ち得たものだと答えて言い逃れるが、妻が執拗に詰問を続けるので、ついにブルンヒルトの帯に関する秘密を話してしまう。その打ち明け話を聞いている間、クリームヒルトはその帯の所有者に嫉妬を覚え、夫のもとにあってはさらに嫉妬を覚えるので、その帯を自分に与えてほしいと頼む。ジークフリートは秘密を守ることを条件にして、それを妻に与えた。ところが、それが悲劇の原因となるのである。

悲劇の発端は両王妃口論であるが、この作品ではヴォルムスの広場の背後にある大聖堂の入口で展開される。自分より先に大聖堂に入ろうとするクリームヒルトにブルンヒルトが止まるように命じたことから口論が始まり、それはついに夫自慢にまで発展していく。まずブルンヒルトがジークフリートの竜との戦いを軽蔑し、これまで勇敢な勇士たちを打ち倒してきた自分をギュンター王が打ち負かしたことを主張すれば、クリームヒルトは「ジークフリートもそれができたでしょう」と言って応戦する。するとブリュンヒルトはジークフリートを罵《ののし》って、「彼は決闘を見る心臓さえ持ち合わせておらず、ビクビクして海岸で船を見張っていただけだ」と言ったので、クリームヒルトはついにその三種競技の秘密とともに婚礼の夜の出来事を暴露してしまう。クリームヒルトはその証拠に懐から帯を取り出して、それを見せつけて、ブルンヒルトを「二人の夫の妻」と罵って、彼女より先に大聖堂の中に入っていくのである。「二人の夫の妻」というひどい恥辱を被ったブルンヒルトは、そのことをその場に姿を現したギュンター王に訴えて、恥辱の復讐を要求する。ブルンヒルトとともにハーゲンもジークフリート暗殺を要求し、ハーゲンがその暗殺の役目を引き受けると言ったので、ギュンター王は結局のところそれを黙認したかたちとなり、いよいよ暗殺物語へと発展していくのである。

＊第三幕（ジークフリートの暗殺）

暗殺の役目を引き受けたハーゲンは、まず策略としてザクセン王とデンマーク王が同盟を結んでこのブルグント国に攻め込もうとしている（この作品では策略の虚報ではなく、事実とされている）ことをクリームヒルトに伝える。ハーゲンは、敵の戦列の中に突き進むジークフリートの身を心配するクリームヒルトの心を巧みに捉えて、彼女からジークフリートの急所を聞き出すことに成功する。クリームヒルトはこのあとしばらく考えにふけってから、夫の秘密をもらしたことを後悔し、自分が見た悪夢を引き合いに出して、戦いに出かけようとする夫をしきりに引き止めようとするが、ジークフリートは妻が警告する運命を楽天的に捉えて、自らの運命に向かって突き進んでいくのである。

舞台はオーディンの森（『ニーベルンゲンの歌』ではオーデンの森）に変わって、ギュンター王の一族は森の中で狩りをしている。このオーディンの森でのジークフリート暗殺は『ニーベルンゲンの歌』とほぼ同じ展開であるが、ただこの作品ではザクセン王とデンマーク王との戦いの前に狩りをすることになっていて、しかもこの狩りにはブルンヒルトも同行している。ブルンヒルトから暗殺を唆されて、ハーゲンは『ニーベルンゲンの歌』と同じように泉の水を飲んでいるジークフリートの両肩の間に槍を突き刺した。ハーゲンの笛の合図でギュンター王とブルンヒルトがほかの者たちと一緒にその場にやって来る。瀕死の状態にあるジークフリートが、一同の仕打ちを呪うと、ブルンヒルトはジークフリートが彼女の帯を盗んだ仕返しに、自分は「死という解けない丈夫な帯を贈ったのだ」と言って、自分の勝利を宣言する。ジークフリートは「異教徒の邪悪な心の有毒の茸《きのこ》」という、この作品独自の表現をしながら、災いの財宝である「霧の頭巾」を持っていたことを後悔して、妻子のことを思いながら息を引き取るのである。そのさまをそばで見ていたギュンター王は、頼みの綱であったジークフリートの死を悼み、全軍に出発を命じるとともに、ハーゲンにはブルンヒルトをヴォルムスに連れ戻して、さらにはジークフリートの遺体を運んで、彼にふさわしく埋葬してくれるようにと頼んだ。

＊第四幕（クリームヒルトのエッツェル王との再婚）

七か月にも及ぶ戦闘からギュンター王がヴォルムスに凱旋して、宮廷の広場でハーゲンとブルンヒルトが出迎えた。『ニーベルンゲンの歌』には見出されない、ラウパッハの創作部分である。ハーゲンはギュンター王の留守中にクリームヒルトからニーベルンゲンの財宝を奪い取って、一人で二十四夜もかけてライン河に沈めていたが、それはあらゆる災いのもとになっている財宝を永遠にライン河に葬るためであった。その財宝に強い欲望を示している王妃ブルンヒルトにせがまれてギュンター王は、ハーゲンに財宝のありかを教えるように命じるが、ハーゲンは断固として「それを誰にも明かさない」と主張する。ハーゲンはさらにジークフリートの息子をその宮廷に帰らせる一方、クリームヒルトをヴォルムスに留まらせた。クリームヒルトが義父のもとで息子とともにブルグント族への復讐を企てないようにという配慮からである。ギュンター王は夫とともに財宝をも奪い取られたクリームヒルトには何もできまいと思っているが、ハーゲンはクリームヒルトの力を常に警戒しているのである。

そのあとすぐにフン族のエッツェル王がクリームヒルトに再婚を申し込んできたときも、ハーゲンは断固としてそれに反対する。ハーゲンはブルグント王家の存続のために諫止《かんし》するのであるが、ギュンター王は「私はお前の忠誠心の奴隷ではない」と言って、妹をエッツェル王と再婚させる決意をする。ブルンヒルトもそれに賛成するが、その理由は「二人の男性の妻」となるクリームヒルトを罵るためである。実際に、クリームヒルトが異教徒の国王と結婚することに抵抗を感じ、ブルンヒルトに同情を求めてきたとき、ブルンヒルトはかつての自分と同じように「二人の夫の妻」になるがよいと言って、クリームヒルトを罵ったのである。この言葉に傷つけられたクリームヒルトは、ブルンヒルトへ仕返しをするためにエッツェル王の求婚に応じる決意をするのである。エッツェル王もまた、この戯曲では粗野な野蛮人として登場し、クリームヒルトに手助けすることを約束するのである。

＊第五幕（クリームヒルトの復讐）

フン族のエッツェル王はクリームヒルトとの約束を果たすため、ヴォルムス近くのライン河畔に宿営地を設けて、自分たちの婚礼の宴にブルグント族を招待した。その祝宴が終わると、招待されたブルグント族が宿舎で寝床につこうとしているところを、クリームヒルトがエッツェル王に命じて攻撃させる。エッツェル王はギュンター王に財宝とハーゲンの引き渡しを要求するが、ギュンター王はそれを拒否したので、戦闘となった。戦闘の場所は違うものの、『ニーベルンゲンの歌』と同じ展開であるが、異なっている点は、その場にブルンヒルトがやって来ることである。ブルンヒルトは左手に息子を抱え、右手には剣を持っていると、エッツェル王とクリームヒルトに出くわす。クリームヒルトは数日前にブルンヒルトの前に身を投げ出して同情を求めたとき、彼女がハリネズミのように怒りの鋭い刺激を差し向けたことを引き合いに出して、今度はブルンヒルトの方がひざまずいて命乞いをするがよいと言って、ひどく罵るばかりか、罵りはさらに高まって、「ブルンヒルトの息子はギュンターの子どもではなく、自分の夫ジークフリートの子どもであり、私生児であることを白状すれば、ブルンヒルトの命を助けてやろう」と言うのである。この言葉を聞くや否や、ブルンヒルトは息子を抱えてライン河の中へ飛び込んで果てたのである。クリームヒルトのブルンヒルトに対するこの復讐は、夫暗殺への復讐というよりも、ブルンヒルトから受けた恥辱に対する復讐であると言った方がよいであろう。

夫暗殺のための復讐はあくまでもハーゲンに対してである。ディートリヒとリュディガーの二人がギュンター王とハーゲンを捕えてクリームヒルトに引き渡すと、彼女はハーゲンの財宝のありかを尋ねるが、ハーゲンはそれを誰にも漏らさないことをギュンター王に誓ったと答えた。そこでまもなくギュンター王の頭が運ばれたが、この作品ではギュンター王の首を刎《は》ねるように命じたのは、エッツェル王である。クリームヒルトは兄の切り落とされた頭を目にしたときには驚いてさえいる。ギュンター王が殺害されたあとも財宝のありかを白状しないハーゲンを殺害するよう命じたのも、エッツェル王である。エッツェル王がヴォルムスへ帰ろうとすると、クリームヒルトは「否、地獄へ！」と言って、短刀を彼の胸に突き刺して殺害する。クリームヒルトがエッツェル王を殺害する限りにおいては、五、六世紀の原型や北欧の第一伝承を想起させるが、しかし、この戯曲ではクリームヒルトは自害するのではなく、飛び掛かってきたフン族たちによって殺されてしまうのである。

さらにこの戯曲では最後にリュディガーとディートリヒが登場して、野蛮な異教徒のエッツェル王の死を天罰だと見なし、それによってこの世が陰険な異教徒の世界から救済されたと考えている点で、『ニーベルンゲンの歌』の結末とは異なっている。ラウパッハの戯曲は破壊ののちに新しい世界が生まれてくることが最終場面において表現されているのである。ここにドイツ中世英雄叙事詩『ニーベルンゲンの歌』とは異なって近代的な意味があると言ってよいであろう。

ラウパッハの戯曲におけるブルンヒルトの特徴

以上のように見てくると、ラウパッハの戯曲『ニーベルンゲンの財宝』は、序幕においては十六世紀の韻文版『不死身のザイフリート』や北欧の第一次伝承を一部素材として使用しているが、全体のあらすじの展開には主な素材として『ニーベルンゲンの歌』を用い、それに従って戯曲化を試みていることが明らかである。しかし、いたる所に大胆な改作が施されてラウパッハ独自のニーベルンゲン財宝物語が展開されていることも明白である。そのラウパッハ独自の物語は特にブルンヒルトの取り扱いによるものであることも明らかである。とりわけブルンヒルトとクリームヒルトの口論はラウパッハ独自の展開となって、恥辱と恥辱のぶつかり合いで、凄《すさ》まじい言い争いとなっている。この凄まじい言い争いももとを辿れば、侏儒オイゲルがジークフリートに警告した「財宝の呪い」を、ジークフリートが無視したことに起因する。ラウパッハはその凄まじい戦いを展開させる中で、異教徒のエッツェルの野蛮性を際立たせることによって、その死は天罰だと捉え、この荒廃した世界の中からは新しい世界が生まれてくることをほのめかしている。その点に近代的な意味があるのであり、この近代的な意味はのちにこのラウパッハの戯曲を観劇したヘッベルにも、さらにはまたワーグナーにも引き継がれていくのである。

第四節　フリードリヒ・ヘッベルの悲劇『ニーベルンゲン』三部作

1　ヘッベルの『ニーベルンゲン』三部作の執筆

このラウパッハの戯曲『ニーベルンゲンの財宝』を観たという影響もあって出来上がったフリードリヒ・ヘッベル（一八一三〜六三）の悲劇『ニーベルンゲン』三部作も、十九世紀の注目すべき作品として挙げなければならないであろう。

ヘッベルは若い頃からニーベルンゲン伝説に関心を持っていたが、一八五五年十月にその伝説素材の戯曲化に着手して、紆余曲折を経たのち、五年後の一八六〇年に第一部『不死身のジークフリート』、第二部『ジークフリートの死』および第三部『クリームヒルトの復讐』を書き上げて、悲劇『ニーベルンゲン』三部作を完成させた。この三部作の主な素材となったのは、『ニーベルンゲンの歌』であり、三部作全体のあらすじの展開はほぼ『ニーベルンゲンの歌』に同じと言ってもよい。ただこの三部作の中でヘッベルは、ジークフリートとブルンヒルト（ブリュンヒルト）に関する部分については、独自の取り扱いをしている。以下では、この二人を中心にして三部作を辿りながら、ブルンヒルトの特徴を述べることにしよう。

2　第一部『不死身のジークフリート』

第一部は四場から成る一幕物で、ニーデルラントの英雄ジークフリートがライン河畔ヴォルムスに到着し、ブルグント族のグンター王と契約を交わしたあと、グンター王とともにブルンヒルトの国に出かけることになったときのことが展開されている。

グンター王が世界の果てに住むブルンヒルトに求婚することになって、ジークフリートが隠れ頭巾の秘策を用いて援助するまでのことは、素材となった『ニーベルンゲンの歌』とほぼ同じ展開である。ただ一つ異なる点は、ジークフリートは以前にもその隠れ頭巾を使って彼女の国に出かけたことがあることをはっきりと口にしていることである。ただし、ジークフリートは「求婚のためではなく、／自分の姿は見られずに、少し彼女

フリードリヒ・ヘッベル

の様子を窺《うかが》っただけ」という。皆が驚いた様子で不思議に思うので、ジークフリートはそのときの冒険譚を次のように語って聞かせるのである。この冒険譚がヘッベル特有のものとなっている。

それによると、ジークフリートは父王の遺産をめぐって争っていた二人のニーベルング族からその財宝を取り上げたあと、竜退治をしている折に侏儒アルベリヒに背後からしがみつかれてしまったが、侏儒の隠れ頭巾を脱がせてしまうと、侏儒は倒れてしまった。ジークフリートは侏儒を踏みつぶそうとしたが、竜の血に秘められた魔力のことを教えてもらったので、命だけは助けておいた。ジークフリートはこの侏儒の教えに従い、竜の血を浴びて不死身の肌の英雄となったのみならず、さらにその竜の血が舌に触れてから小鳥の言葉が理解できるようになったという。ジークフリートはその二羽の小鳥のあとを追いかけていくと、炎の海が現れ、向こう岸には一つの城が見えた。ジークフリートは鳥の声に従って、バルムンクの剣を頭上で三度振り回すと、たちまち海は消え失せて、城壁の上に一人の気高い乙女が現れた。「あれが花嫁だ」と小鳥が叫んだので、気がつくと、ジークフリートは侏儒アルベリヒの隠れ頭巾を被ったままだった。二羽の小鳥が隠れ頭巾を脱がせようとしたが、ジークフリートはそれを両手で押さえた。城壁の上の女性は美しかったが、ジークフリートの心を動かすまでには至らなかったので、ジークフリートは挨拶をしなかった。このようなことをジークフリートは語って聞かせて、ブルンヒルトの城へグンター王を案内して出かけることになったのである。

以上のように、ヘッベルの作品ではジークフリートはブルンヒルトの国に出かけたことはあるが、しかし、彼女と対面したことはなく、婚約を交わした仲でもなかったことを明らかにしているところに特徴があると言えよう。

3　第二部『ジークフリートの死』

＊第一幕（ブルンヒルトの出自）

第二部は五幕から成り、第一幕の舞台は世界の果てに住むそのブルンヒルトの城である。乳母のフリッガはブルンヒルトの出自についてブルンヒルト本人に語って聞かせるのである。

その乳母フリッガの語るところによると、イーゼンラントの女王が姫を産むと同時に息を引き取った日に、フリッガたちが女王の亡骸のそばで夜を明かしていたところへ、思いがけなく火の山の中から一人の老人が現れて、ルーネ文字を刻んだ板を添えてフリッガに一人の乳飲み子を預けたという。その乳飲み子は亡き女王の冠に手を伸ばしたので、それを被せてみると、不思議にもぴったりと合った。さらに不思議なことには、その乳飲み子は亡き女王の腕に抱かれていた姫と瓜二つであったが、その姫の方はそのあとすぐに息を引き取った。国王はこの姫が生まれるのを心楽しみにしていたが、その国王もすでに一か月前になくなっていたと乳母フリッガは語る。そのとき一人の老人の方を振り返ってみると、老人は影も形も見えなかった。

そのあと乳母フリッガがさらにブルンヒルトに語ったところによると、女王が亡くなった翌日、女王の亡骸を墓場に納めて、それとともにキリスト教の僧侶が乳飲み子に洗礼を施そうとして、聖水をその子の額に掛けたとき、その僧侶の腕はたちまち中風になって、手はそれっきり動かなくなった。すぐに二人目の僧侶を呼び寄せて、洗礼を施すことを続けたが、聖水の儀は難なく済んだものの、いざ祝福を施そうとしたとき、僧侶は口が利けなくなった。三人目の僧侶を見つけるのに長い日数がかかったが、遠くから来てもらって洗礼を施してもらった。洗礼の儀がすべて終わるや否や、その三人目の僧侶は後ろへ踏ん反り返って、そのまま足腰が立たなくなってしまったという。

乳飲み子はその後すくすくと育ち、その娘のすることがルーネ文字に予言されていたように、吉凶のしるしとなった。その娘が、すなわちブルンヒルト本人であり、故郷は神々の住むヘクラの山で、母がいるとしたらノルンやヴァルキューリエン（ワルキューレ）の中にいるであろうと、乳母フリッガは語って聞かせるのである。ヘッベルにおけるブルンヒルトは神々の子であるとされているところに特徴があると言えよう。

このように乳母フリッガがブルンヒルトの出自を語り終えたところへ、グンター王らの一行が到着し、ジークフリートはグンター王がブルンヒルトに求婚する意志があることを伝えたので、戦いを行うことになった。素材の『ニーベルンゲンの歌』では三種競技であったところを、ヘッベルでは戦いに変更されているが、その戦いの準備は始められるものの、戦いのさまは舞台上では演じられないことになっている。戯曲であるための省略であるが、もちろんグンター姿のジークフリートが勝利を収めることが前提となっている。

＊第二幕（ブルンヒルトの抵抗）

第二幕冒頭ではジークフリートは先触れの使者としてヴォルムスに到着し、母后ウーテとその娘クリームヒルトに初めて対面する。戦いでは勇敢なジークフリートも、この母娘《おやこ》の前では言葉に窮してしまう。クリームヒルトの方も気高い使者を目の前にしてそわそわしてハンカチを落してしまう。ジークフリートがそれを所望《しょもう》すると、彼女は自らが織ったそのハンカチを心を込めて贈る。二人の息がぴったりと合っているさまが簡潔明瞭に表現されている。

やがてグンター王は花嫁ブルンヒルトを連れてブルグント国の城に到着するが、こちらのカップルの方はまったく対照的に穏やかではない。ハーゲンが語るところによると、花嫁は船の上でグンターが弱々しい男だと分かると、急に暴れ出してグンター王をライン河の中に突き落としてしまったという。ヴォルムスに着いて母后ウーテとクリームヒルトからやさしい歓迎を受けてやっとグンター王と夫婦になる契りを結ぶ気になるが、ジークフリートがクリームヒルトと結婚することを知ると、たちまち臣下の身分の者が国王の妹を娶ることに不平を述べ始め、事情が分からない限りは、グンター王の妃にはならないと主張するのである。このあとの展開も大筋は『ニーベルンゲンの歌』とほぼ同じであると言ってもよいであろう。ハーゲンがジークフリートに再度隠れ頭巾を用いて、ブルンヒルトを押さえつけてくれるようにと頼み、ジークフリートは気は進まなかったものの、ついにそれを承諾してしまうのである。

＊第三幕（両王妃の口論）

第三幕ではジークフリートが隠れ頭巾を使ってブルンヒルトをベッドの上で取り押さえたことが前提となっている。その格闘の際にジークフリートはブルンヒルトから帯を奪い取って、無意識的にそれを懐に入れて持ち帰ったが、それを床に落としてしまう。翌朝、それを見つけてニーベルンゲンの財宝の一つだと思ったクリームヒルトは、夫を喜ばせようとして、その帯を締めて礼拝堂に行こうとする。最初のうちは気がつかなかったジークフリートも、やがてその帯に気がついて、ブルンヒルトがグンター王とともに姿を現したとき、あわててしまう。夫の狼狽ぶりを見て、ブルンヒルトとその帯との関係を察したクリームヒルトは、それをブルンヒルトに見せようとしたので、ジークフリートはやめさせるために、とうとうその帯とブルンヒルトに関わる秘密を打ち明けてしまった。

一方、ブルンヒルトは前日と比べると、だいぶ機嫌も直り、夫に対して船の中で抵抗したことを詫びるほどになっていたが、ジークフリートに対しては依然として憎悪を抱いていて、しまいには彼を殺してほしいと夫に要求する。ブルンヒルトはなぜジークフリートの暗殺を要求するのか。ヘッベルの戯曲ではこの第三幕第一場でハーゲンがすでにその理由についてグンター王に説明している。それによると、ブルンヒルトの憎しみには恋というものが根底にあるが、しかし、それは男と女を結びつける恋ではなく、「魔力」というもので、その「魔力」を解くものは「死」だけだという。この場面でブルンヒルトがジークフリート暗殺にこだわるのには、北欧の神話・文学が作用していると考えられる。しきりにジークフリート暗殺を主張するブルンヒルトに対して、素材の『ニーベルンゲンの歌』でジークフリート暗殺を要求するのは、ハーゲンであるが、ヘッベルの戯曲ではブルンヒルトの方が主張しているのである。ブルンヒルトは北欧の伝説から抜け出してきたようなかたちであることが理解できよう。

執拗にジークフリート暗殺を要求するブルンヒルトに向かって、グンター王が自分の妹婿に対してそのようなことはできないと言えば、彼女は夫に「では彼と一騎打ちの勝負をして、彼を埃《ほこり》の中に投げ飛ばしてほしい」と要求する。彼女はグンター王がこの世で最強の騎士であり、ジークフリートは見せかけだけの英雄に過ぎないと思っていて、そのことを暴いてほしいと要求するのである。ところが、そのあとクリームヒルトとブルンヒルトが礼拝堂へ向かう折に、互いに夫自慢をすることで、事実は逆であったことが判明し、証拠として帯を見せつけられたブルンヒルトは、グンターの化けの皮が剥《は》がされたことを思い知るに至る。そのことを王たちに伝えると、その役目をハーゲン自らが引き受けて、ジークフリート暗殺が実行されることとなるのである。

＊第四幕（ハーゲンの策略）

そのジークフリート暗殺の準備として、ハーゲンが敵の侵攻について嘘の情報を伝えたり、その戦いで先頭に立つ夫ジークフリートの身を心配するクリームヒルトの心を巧みに捉えて、ジークフリートの弱点を聞き出すエピソードなどは、『ニーベルンゲンの歌』とほぼ同じである。そのあと敵の侵攻は中止になったと再度嘘の情報を伝えて、戦闘の代わりに狩猟をすることをハーゲンが提案するのも、素材と同じである。ジークフリートは狩りに出かけて行くが、クリームヒルトは夫の弱点をもらしたことを後悔したところで、第四幕が終わる。

＊第五幕（ジークフリートの暗殺）

ジークフリートがオーデンの森で暗殺されるのが、第五幕である。狩りのあと休憩することになって、ハーゲンがワインの代わりに森の泉に水を飲みに出かけることを提案して、そこでジークフリートが水を飲んでいる後ろから、槍を投げつけて暗殺する場面も、『ニーベルンゲンの歌』とほぼ同様であれば、その後、ジークフリートの遺体がクリームヒルトのもとに運ばれて、ハーゲンが近づくと、ジークフリートの遺体から血が噴き出して、殺害者はハーゲンであることが判明するというエピソードも素材とほぼ同じである。ハーゲンがジークフリートの遺体の腰にあったバルムンクの剣を取り上げて、悠々と一族の集まる場所に引き上げるかたわら、クリームヒルトが亡き夫の柩《ひつぎ》にくずおれてしまったところで、第二部『ジークフリートの死』は終わるのである。

4　第三部『クリームヒルトの復讐』

続く第三部においても基本的には『ニーベルンゲンの歌』後編に従って展開される。素材と同じように、ブルンヒルトはもはや登場しないが、その後の彼女のことが使者ウェルベルによって語られているので、以下ごく簡単に第三部について紹介することにする。

＊第一幕（クリームヒルトの再婚）

フン族のエッツェル王が使者リュディガーを通してクリームヒルトに再婚を申し込んでくるが、ハーゲンだけはそれに反対する。クリームヒルトも最初は拒否していたものの、使者リュディガーの誓いなどにより、最後にはエッツェル王との再婚に応じて、フン族の国に旅立つことになった。

＊第二幕（クリームヒルト王妃による招待）

その後、ブルグント族がクリームヒルト王妃から招待されて、フン族の国へ赴く途中でのエピソードが展開される。まず最初はドーナウ河渡河《とか》の際に水乙女たちの予言を聞いたハーゲンが、ブルグント一族の士気を奮い立たせるエピソード、そのあと一族がベッヒェラーレンのリュディガーのもとに滞在し、ギーゼルヘアがそこの娘グートルーンと婚約することによって、ブルグント族がリュディガーと固い絆で結ばれたことが、『ニーベルンゲンの歌』とほぼ同じように展開される。

＊第三幕（クリームヒルトのハーゲンに対する敵意）

ブルグント族がディートリヒとリュディガーとの案内でエッツェル王の居城に到着するが、ここで使者ウェルベルがクリームヒルトにブルンヒルトのその後について報告している。それによると、ブルンヒルトはジークフリートの柩のそばにしゃがみ込んで、目には涙をいっぱい溜《た》め、爪で自分の顔や柩の板をかきむしったりしているという。このようなブルンヒルト像は北欧の神話・伝説に基づくものである。このようなブルンヒルトのことを聞いたクリームヒルトは、彼女のことを「吸血鬼じゃ！」と言っている。このあとに展開されるのは、クリームヒルトが最初からハーゲンに敵意を抱いていることである。今にも戦いが起こりそうであるが、しかし、戦いを好まないディートリヒの介入によりその場での争いはひとまず避けられる。

＊第四幕（両族あげての戦闘開始）

深夜、ハーゲンとフォルカーが寝ずの番をしている。やがてクリームヒルトがフン族の従者たちに斬りかかるよう命じるが、フン族はバルムンクの剣を抜いているハーゲンにおじけづいて攻撃することができない。翌朝、祈祷の時刻となって、ブルグント族が礼拝堂に向かう途中、双方の従士たちが騒然としている。そこへエッツェル王が現れ、フン族の兵士たちに武器を収めるように命じたので、この場での戦闘も避けられる。エッツェル王は素材と同じように温和な人物として登場していて、客人たちに危害を加えることはできないのである。しかし、その日の晩餐で王子オトニートがハーゲンに殺害されてからは、エッツェル王は昔の蛮人に立ち返り、ブルグント族に戦いを宣言する。素材においてと同じように、フン族とブルグント族の両族あげての戦闘が始まるのである。

＊第五幕（ブルグント族の滅亡）

大広間に火をつけてブルグント族を焼き殺そうとしているのは、クリームヒルトではなく、エッツェル王である。この両族間の戦いで、リュディガーが倒れ、それによってディートリヒが戦いに加わり、ハーゲンとグンターを縛り上げて、クリームヒルトのもとに連れて行くなどの場面、そのあとクリームヒルトがハーゲンの巧みな言葉に乗せられて、兄グンターの首を刎ねさせたのち、それでも財宝のありかを白状しないで最後まで反抗心を見せるハーゲンを切り倒す場面、そしてこの惨《むご》い仕打ちに怒ったディートリヒの武術の師匠ヒルデブラントがクリームヒルトを成敗する最終場面などは、『ニーベルンゲンの歌』とほぼ同じ展開である。ただこのヘッベルの作品ではそのあとエッツェル王がすべてに嫌気がさして、王位をディートリヒに譲る決意を述べると、ディートリヒは「十字架に消えたる者の名代として承知した」と答える。この最終場面のディートリヒの言葉に、この作品は破局に終わるのではなく、異教に対するキリスト教の勝利に終わるという、ヘッベルの意図が読み取られると言ってもよいであろう。

5　ヘッベルの戯曲『ニーベルンゲン』三部作の特徴

以上のとおり三部作全体を通して見てくると、ヘッベルはドイツ中世英雄叙事詩『ニーベルンゲンの歌』を骨組みとして自らの戯曲作品を創り上げていることが明らかである。あらすじだけを辿るなら、一部若干の相違はあるものの、大筋は素材とほぼ同じ展開と言ってよい。しかし、ヘッベルのニーベルンゲン世界はその素材とは異なっていることも確かである。ヘッベルは素材のあらすじを首尾一貫して人間的に動機づけたのである。それにもかかわらず、作品の中には「神話的土台」もあり、その神話的人物を代表しているのが、ジークフリートとブルンヒルトである。ジークフリートは確かに素材と同じようにニーデルラントの英雄として登場しているが、その竜退治や財宝獲得の冒険譚、とりわけそのあとのブルンヒルトとの出会いのエピソードは北欧神話的であり、ヘッベル特有なものとなっている。ブルンヒルトになると、さらに北欧神話・伝説的となっている。ブルンヒルトは自分とジークフリートを結びつけている「魔力」を解くために、ジークフリート暗殺を要求するものの、その暗殺後は、使者ウェルベルの報告にもあるように、ジークフリートの柩のそばにしゃがみ込んだまである。これは北欧の神話・伝説に基づくブルンヒルト像である。ジークフリートとブルンヒルトはまさに「神話的時代」に属する人物である。

この二人の「神話的時代」に対立しているのが、ハーゲンやグンター王、クリームヒルトおよびエッツェル王に代表される「異教的時代」と、ディートリヒやリュディガーに具象化されている「キリスト教的時代」である。この三つの時代が衝突・対立しつつ、悲劇が展開しているところにヘッベルの特徴がある。特に第三部最終場面でエッツェル王が王位をディートリヒに譲り渡す場面は、すべてが無残にも滅び去って悲劇に終わる『ニーベルンゲンの歌』とはまったく異なった結末である。ヘッベルの戯曲は、破局ではなく、異教に対するキリスト教の勝利に終わっているのであり、作者はここで物語はその破滅の中から新しい時代が生まれてくることを確信しているのである。

第六章　ワーグナーの楽劇『ニーベルングの指環』四部作

第一節　楽劇『ニーベルングの指環』四部作の成立過程

先に述べたヘッベルの作品のほかに、十九世紀の作品としてもう一つ注目すべきは、何と言ってもヘッベルと同じ一八一三年に生まれたリヒャルト・ワーグナーの楽劇『ニーベルングの指環』四部作である。

ワーグナーは一八四八年に『ローエングリン』の総譜を完成させたあと、北欧・ゲルマンの神話や伝説——その中にはフケーの戯曲『大蛇殺しのジグルト』も含まれていたであろう——を読み漁《あさ》っているうちに、ニーベルンゲン伝説の英雄ジークフリートに強い関心を抱いて、同年十月に散文稿『ニーベルンゲン神話』を書き上げ、翌十一月には台本として『ジークフリートの死』を完成させた。ところが、この台本には多くの前史が含まれていることを認識し、それらを劇化するために、一八五一年には『若きジークフリート』を、さらに一八五二年には『ワルキューレ』と『ラインの黄金』を書き上げた。その後、一八五六年に『若きジークフリート』はただ単に『ジークフリート』、そして『ジークフリートの死』は新たに『神々の黄昏』と改題されて、ここに楽劇『ニーベルングの指環』四部作の台本が完成されたのである。

作曲は台本とは逆に、物語の展開に従って、一八五三年に『ラインの黄金』（一八五四年完成）から始められ、『ワルキューレ』（一八五六年完成）のあと、『ジークフリート』の作曲に携わっているうち、一八五七年に第二幕第二場のところで中断してしまう。この中断の期間に『トリスタンとイゾルデ』と『ニュルンベルクのマイスタージンガー』が完成され、『ジークフリート』の作曲が再開されるのは、中断から十二年後の一八六九年である。作曲再開後は着々と進み、一八七一年には『ジークフリート』の総譜が完成、続く『神々の黄昏』の総譜も一八七四年に完成し、ここに序夜『ラインの黄金』、第一夜『ワルキューレ』、第二夜『ジークフリート』、そして第三夜『神々の黄昏』から成る四部作が完成したのである。散文稿を書き起こしてから、実に二十六年の歳月が経過しており、ワーグナーのライフワークとも言うべき作品である。この四部作を上演するために建設を思い立ったバイロイト祝祭劇場も翌七五年に完成して、上演するには四夜も必要とするオペラ史上まれに見る長大な四部作が初演されたのである。ワーグナーはヘッベルが悲劇『ニーベルンゲン』三部作を書いているのと同じ頃に、同じニーベルンゲン伝説を素材にした四部作のオペラ作品を作っていたということは、驚くべきことである。それほどに当時はニーベルンゲン伝説が芸術家たちの心を捉えていたことの証左と言

リヒャルト・ワーグナー

える。ただヘッベルが主に『ニーベルンゲンの歌』を素材に用いたのに対して、ワーグナーは『ニーベルンゲンの歌』とともにとりわけ主な素材として北欧のエッダ・サガを用いている点が特徴で、その結果、北欧的な要素が色濃くなっていることは当然のことである。それはブリュンヒルデについてもあてはまる。ワーグナー楽劇『指環』四部作におけるブリュンヒルデ像の特徴を以下にまとめることにしよう。

第二節　序夜『ラインの黄金』におけるブリュンヒルデ誕生のきっかけ

ここではまだブリュンヒルデは登場しないが、誕生のきっかけとなる神々の長《おさ》ヴォータンが知恵の女神エルダから警告を受ける場面が語られている。それはどういう次第によるものか。それを説明するには、「指環」物語の発端に遡らなければならない。

冒頭で低い音から始まって、だんだんと高い音になっていく場面は、北欧神話のように「世界の創造」をイメージしており、やがて幕が上がり、第一場の舞台はラインの河底である。そこではラインの三人の乙女たちが黄金を護っている。そこへ侏儒《こびと》族のアルベリヒが現れ、彼女らのうち一人を自分のものにしようと戯れているうちに、その一人から「ラインの黄金」に秘められた話を聞く。「この黄金から指環を作った者は、世界を支配することができる」というのであるが、それには条件がついていて、「そのためには愛を断念しなければならない」という。「愛と権力」の葛藤という楽劇『指環』四部作全体のテーマがここですでに提示されている。アルベリヒは愛ならいつでも力ずくで手に入れられると考えて、ラインの河底から黄金を奪い取って、そこを立ち去った。これが「指環」物語の発端である。

次の第二場の舞台は神々の領域であり、神々の長ヴォータンは、巨人族にワルハラの城を築いてもらったが、その報酬に妻フリッカの妹フライアを差し出すことをつい約束してしまっていたので、今では困っている。フライアは黄金のりんごを栽培する豊穣《ほうじょう》の女神であり、神々はそのりんごを食べているおかげで、永遠の生命を保つことができているのであるが、その彼女がいなくなると、神々は萎《しお》れていくばかりだからである。なんとかしなければならないと思い、火の神ローゲから知恵を授かろうとして待っていると、やっとローゲがやって来た。彼によると、侏儒族のアルベリヒがラインの河底から黄金を奪い取り、その黄金から指環と隠れ頭巾を作ったという話を聞いて、ヴォータンはローゲとともに地の底にあるニーベルンゲン国に出かける。

第三場の地の底ではアルベリヒがラインの黄金から作った指環をちらつかせてニーベルンゲン族をせっせと働かせている。ヴォータンはアルベリヒをペテンにかけて、隠れ頭巾で大きな竜に変身したときにはローゲとともに恐れるふりをし、逆に小さなものに変身するようもちかけ、その誘いに乗って小さなカエルに変身したアルベリヒを掴まえて、神々の領域に連行した。

舞台が神々の領域となった第四場で、ヴォータンはアルベリヒにニーベルンゲン国から黄金を運ばせたあと、指環をも奪い取った。アルベリヒは指環を奪い取られた恨みから、「その指環を持つ者には、死が訪れよ」という呪いをかけた。

やがてそこへ巨人族ファゾルトとファフナー兄弟がフライアを連れてやって来て、フライアとの引き換えに黄金を要求したあと、指環をも要求した。ヴォータンは指環だけは渡すまいと思っていたが、そこに地の底から知恵の女神エルダが現れて、呪いにかけられた指環を手放すように彼女に進言されて、ヴォータンはしぶしぶとそれを巨人族兄弟に渡してしまった。するとその指環を手にした巨人族は、以前のニーベルンゲン伝説から語り継がれている「黄金の分配をめぐっての兄弟喧嘩」となり、弟ファフナーが兄ファゾルトを撲殺した。アルベリヒが指環にかけたその呪いの犠牲者第一号である。神々はその呪いの凄《すさ》まじさに恐れおののく。

ファフナーは黄金と指環を独り占めにして、そこを去っていくが、神々はひとまずフライアが戻って来たので、ひと安心である。しかし、巨人ファフナーがその指環の不思議な力のことを理解したら、神々にとっては一大事である。そこでヴォータンは遠大な構想を練り、指環を奪い返す手立てを考え出した。ヴォータンは神々とともに新築のワルハラの城に入っていくが、そのときラインの河底からはラインの三人の乙女たちが、河底から黄金がなくなったことを嘆き、黄金がラインの河底にあってこそ平穏であることを歌っているところで、『ラインの黄金』の幕が下りる。

このように『ラインの黄金』ではブリュンヒルデは登場していないが、しかし、ブリュンヒルデはヴォータンと知恵の女神エルダとの間に生まれる娘であり、その両親となる二人が最終場面で初めて出会ったことを考えると、この『指環』四部作の第一作目もブリュンヒルデと無関係ではないと捉えることもできる。そしてその最終場面でヴォータンが頭に描いた「遠大な構想」とは、指環を奪い返すために人間族を作ることであり、その人間のヴェルズング族に指環奪還の夢を託したのである。神々は契約によって世界を支配しているので、契約を破って、自らが指環を奪い返すことはできないのである。そしてこの人間のヴェルズング族の双子の兄妹《きょうだい》の間に生まれてくるのが、英雄ジークフリートであり、ブリュンヒルデはのちにこの英雄ジークフリートと愛で結ばれることになるのである。このようなことを考えると、『ラインの黄金』においても、時間的に遠いところでブリュンヒルデの誕生が待ち望まれているのである。

第三節　第一夜『ワルキューレ』における戦乙女ブリュンヒルデ

1　前史　ブリュンヒルデの出自

神々の長ヴォータンは『ラインの黄金』最終場面で知恵の女神エルダから予言された「神々の終わりの時がくる」という言葉が頭から離れずに、常に不安に駆られ、それから逃れるため知識を授けてもらおうと思って、彼女に会いに出かける。やがて彼女との間に一人の娘を儲《もう》ける。それがブリュンヒルデであり、大きくなった今はワルキューレ（戦乙女）として父ヴォータンに仕え、倒れた英雄たちの魂をワルハラの城に運ぶ役目を担っている。北欧第一次伝承と同じである。

一方、ヴォータンが指環奪還のために創り出した人間のヴェルズング族は、仇敵フンディングに襲われて、父ヴェルゼ（ヴォータンのことであるが、双子の兄妹はヴェルゼと呼んでいる）は行方をくらませて不在となり、その双子の妹ジークリンデはフンディングに無理やり妻にさせられて、兄ジークムントの方はひとりぼっちで苦難の日々を送っている。ジークムントは困った人たちには手助けをせずにはいられず、このたびも結婚を無理強いされている人たちを助けるために戦いに加わるが、その戦闘で敗れて、嵐の中敗走を続け、とある館に逃げ込む。奇しくもそこは妹ジークリンデが無理やり妻にさせられている敵フンディングの館であった。『ワルキューレ』の物語はそこから始まる。

名馬グラーネとブリュンヒルデ、アーサー・ラッカム

『ラインの黄金』からこの『ワルキューレ』までの間には、右で述べたような出来事が起きていたのである。そしてこれから先、やがてその双子の兄妹から生まれ出るのが英雄ジークフリートであり、さらにずっとのちにブリュンヒルデはそのジークフリートと愛で結ばれることになるのである。

いずれにしてもワーグナーのブリュンヒルデは神々の長ヴォータンと知恵の女神エルダの間に生まれ、名馬グラーネに乗ってワルキューレの役割を果たすのである。以下、『ワルキューレ』におけるブリュンヒルデの特徴を述べていくことにしよう。

2　第一幕　ブリュンヒルデの相手役ジークフリートの誕生

『ワルキューレ』第一幕ではのちにブリュンヒルデと愛で結ばれる英雄ジークフリートの父と母となる双子の兄妹のことが取り扱われている。北欧第一次伝承のエッダ・サガでは北欧の主神オージンを祖先とするヴェルズング族のシグムントとその三人目の妻ヒョルディースとの間に生まれるのが、シグルズ（ジークフリート）である。北欧第二次伝承の『ティードレクス・サガ』ではジグルト（ジークフリート）はタルルンゲン（カルルンゲンの書き間違い）国のジグムント王とヒスパニアのニードゥング王の娘ジジベの間に生まれるが、その後、孤児として森の中で成長する。ドイツ中世の『ニーベルンゲンの歌』ではニーデルラントのクサンテンでジークムント王とジークリンデ王妃との間に生まれた王子として登場する。このように英雄ジークフリートの出自は時代と作品によって異なる。ワーグナーはその中でも北欧第一次伝承を用いているが、しかし、ワーグナーはジークムントの三度におよぶ結婚を簡略化して、双子の妹である最初の妻シグニューをジークリンデとして登場させている。ワーグナーにおけるヴェルズング一族・ギービヒ一族の系譜を図式化すれば、次ページのとおりである。これを50ページに掲載している『ヴォルスンガ・サガ』の系譜と比較すれば、ワーグナーが複雑な系譜をいかに簡略化しているかがよく分かるであろう。いずれにしてもジークフリートを北欧の主神ヴォータンの子孫としている点は、『ヴォルスンガ・サガ』と共通している。ただワーグナーでのこのあとの展開を考えると、ジークフリートは伯母にあたるブリュンヒルデと愛で結ばれる運命にあるのであり、この展開はワーグナー特有のものである。

フンディングの館に逃れたジークムントがこれまでの身の上を話しているうちに、最後にはジークリンデはその逃亡者が自分の兄であることを悟る。その間に帰宅していたフンディングから翌日に決闘を言い付けられたジークムントは、ジークリンデとともにその家から逃亡を企てることになった。その逃亡のときにはすでにジークリンデは胎内にジークムントとの間の男児を身ごもっていたのである。『ワルキューレ』第一幕は英雄ジークフリートの父と母の物語であり、「権力」をテーマとした『ラインの黄金』に対して、この作品では「愛」がテーマとなっている。双子の兄妹の愛はフンディングとの「愛」のない形だけの家庭生活とコントラストを成している。

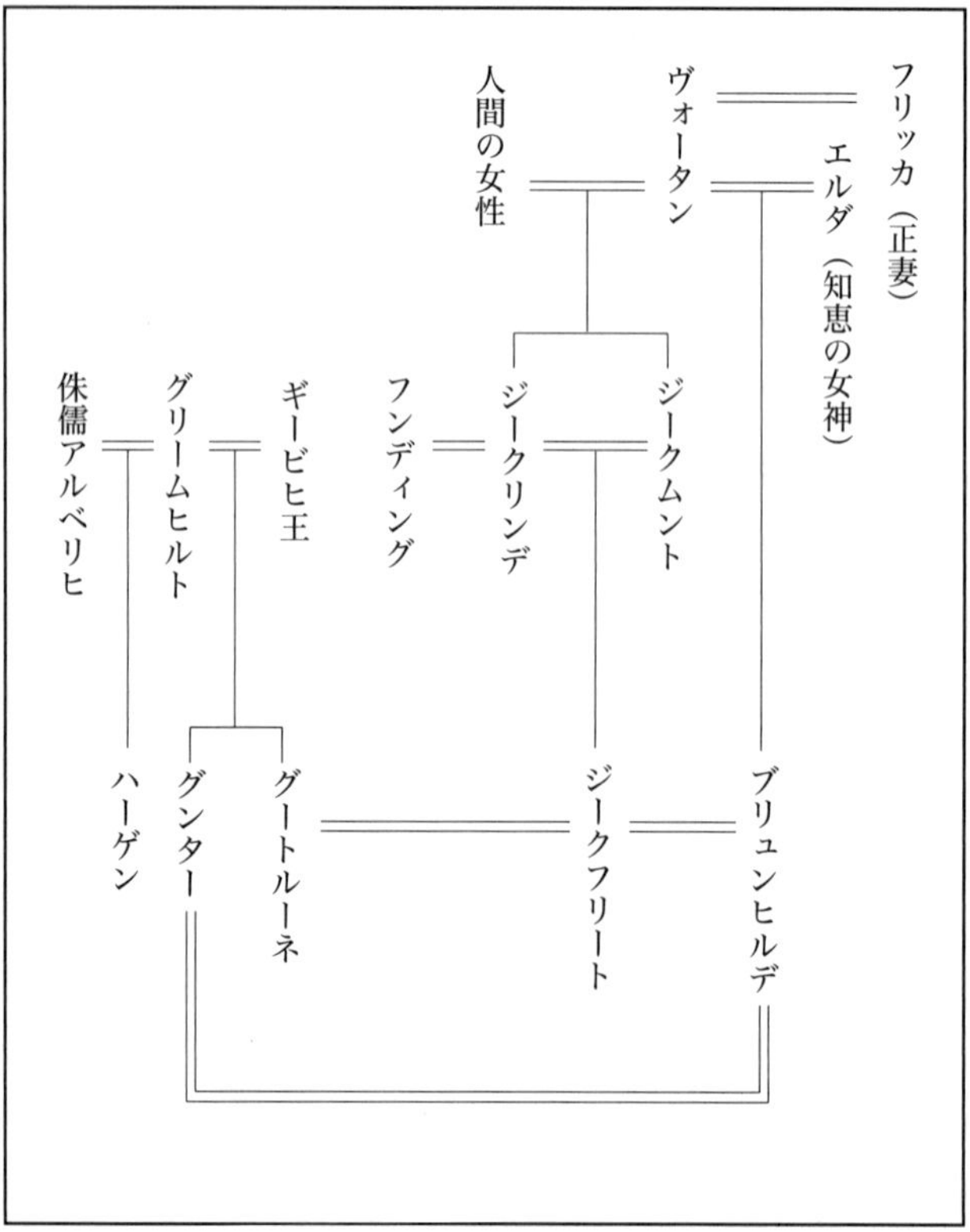

ワーグナーにおけるヴェルズング一族・ギービヒ一族の系譜

3　第二幕　ワルキューレとしてのブリュンヒルデ

続く第二幕でも見せかけだけの「夫婦愛」を読み取ることができる。神々の長ヴォータンは女神フリッカを正妻としているが、フリッカは結婚の女神であるだけに、ジークムントとジークリンデとの間の近親相姦を許すことができない。これから始まるジークムントとフンディングとの決闘では後者に勝利をもたらすように夫を説得する。しかし、ヴォータンは自分が作った人間族から生まれたジークムントを見捨てるわけにはいかない。最初はジークムントに勝利をもたらすように決意していたが、妻フリッカに説き伏せられてしまい、しぶしぶとジークムントを犠牲にすることにした。

このいわば「夫婦喧嘩」とも言える対話が終わり、ヴォータンが一人になったところへ娘ブリュンヒルデがやって来る。すでに何度か述べたように、ブリュンヒルデはヴォータンが知恵の女神エルダとの間に儲けた愛娘《まなむすめ》である。ヴォータンの意志に従って倒れた英雄たちの魂をワルハラの城に運ぶワルキューレとして登場しているところに、ワーグナーにおけるブリュンヒルデの第一の特徴がある。ブリュンヒルデは父ヴォータンの苦悩に満ちた告白を聞いているうちに、父の本心はジークムントに勝利をもたらすことにあることを悟るが、しかし、父の命令（フリッカの要求）に背《そむ》くわけにもいかない。重苦しい気持ちでブリュンヒルデは父のもとを去ると、逃亡中の双子兄妹の前に姿を現し、ジークムントに死の宣告をする。

ところが、ブリュンヒルデは二人がこの上なく愛し合っていることを確信するとともに、直接その様子を目にすると、父ヴォータンの心の奥底をも推《お》し量《はか》って、決闘の場ではジークムントに味方することを決意する。

結果的には、その決闘にヴォータンが介入してきて、ジークムントはヴォータンの槍で剣を折られて倒れてしまうものの、ブリュンヒルデはジークムントの折れた剣の破片とともにジークリンデを連れて逃げ去る。この父の命令違反を起こしたことで、のちにヴォータンから罰として永遠の眠りにつかされることは、北欧第一次伝承の『歌謡エッダ』や『ヴォルスンガ・サガ』と同じである。ワルキューレとしてのブリュンヒルデ像を造形するにあたって、ワーグナーが北欧第一次伝承を参照したことは、明らかである。

4　第三幕　長い眠りにつかされるブリュンヒルデ

戦場で倒れた英雄たちの魂をワルハラの城に運ぶワルキューレ

第三幕の冒頭ではワルキューレたちが戦場で倒れた英雄たちをワルハラの城に運んでいる。ワルキューレたちは八人まで揃ったが、あと一人ブリュンヒルデの姿が見えない。この八人のワルキューレと違って、ブリュンヒルデだけはヴォータンと知恵の女神エルダとの間に生まれた娘であり、最も年上の姉である。妹たちは姉の帰りを待っていると、やっと遠くにブリュンヒルデがこちらに向かっている姿が見えてきた。ところが、ブリュンヒルデが抱えているのは、倒れた英雄ではなく、「生きた女性」である。もちろんジークリンデである。ブリュンヒルデは父ヴォータンの命令に背いて、この「生きた女性」を助けて、ここに連れて来たことを話す。妹のワルキューレたちは父ヴォータンのお仕置きを想像して恐れおののく。

ジークフリートの名付け親としてのブリュンヒルデ

失神していたジークリンデは目覚めて、自分がワルキューレたちに迷惑をかけていることを悟ると、この場で自分を殺してほしいと願う。しかし、ブリュンヒルデがジークリンデの胎内に気高い英雄を身ごもっていることを教えると、ジークリンデはたちまち「生きる」決意をして、逃亡の手助けをしてほしいと頼む。東の方にある森には、ヴォータンも近づくことはないので、そこに逃がすことにして、ブリュンヒルデはジークリンデに東の方向を示しながら、次のように彼女を励ますのである。なお、本書でワーグナーの台本を引用する際には、ドイツ語テクストの二行を拙訳では一行で掲載することをお断りしておく。

ブリュンヒルデ
東へ向かって、／早く逃げなさい！
勇気を出して／あらゆる苦難に耐えなさい。

空腹も喉の渇きも、／いばらの道も岩道も。
悲しみと苦しみに苛《さいな》まれても／ほほえみなさい！
ただ一つのことだけは知っていて、／いつも心に留めておきなさい。
この世で最も気高い英雄を／あなたはそのやさしい胎内に
抱いているということを！

ブリュンヒルデは鎧の下からジークムントの剣の破片を取り出して、それをジークリンデに渡して続ける。

丈夫な剣の破片をその子のために／大切にしまっておきなさい！
その子の父の戦場から／私はこれを無事に取ってきたのです。
この破片から剣を鋳《い》なおして、／いつかそれを振り上げる人の名を、
私が名づけてあげましょう。／勝利を喜ぶ英雄「ジークフリート」です！

ブリュンヒルデはこうしてジークリンデの胎内にいる男の子にジークフリート(Sieg 勝利＋ Fried 平和)という名前を授けるのである。ブュンヒルデが名前を与えるのは、ワーグナーの独創的な創作である。

これを受けてジークリンデは、大きな感動のうちに次のように叫ぶ。

ジークリンデ

ああ、いと高貴なる奇蹟よ！／いと輝かしき乙女よ！
聖なる慰めを与えてくれた／誠実なあなたに私は感謝します！
私たちが愛した彼のために、／私は最愛の子どもを救い出します。
私の感謝の報いが／いつかあなたにほほえみますよう！
さようなら！　ジークリンデの／陣痛があなたを祝福しますよう！

このように叫んで、ジークリンデはそこから東の森の方に急いで去る。ブリュンヒルデがジークフリートと名付けるこの場面で奏でられるのが、「ジークフリートのライトモチーフ」というもので、ジークリンデが「ああ、いと高貴なる奇蹟よ」と叫ぶ場面で奏でられるのが「愛による救済のモチーフ」であり、四部作最後の『神々の黄昏』の最終場面でたいへん重要になってくる。特に「愛による救済のモチーフ」は、この場面と『神々の黄昏』の最終場面の二か所でしか用いられておらず、ワーグナーは最後まで大切に取っておいたメロディなのである。ワーグナーはブリュンヒルデをジークフリートの名付け親としているだけではなく、この場面でジークリンデと結び付けることによって、四部作全体の結末部分を決定づける重要な人物として造形していることが理解できよう。

父ヴォータンから眠りの罰を受けるブリュンヒルデ

こうしてブリュンヒルデはジークリンデを逃がしてやることで、父ヴォータンの命令に背いた罰として岩山で永遠の眠りにつかされることになるが、これは北欧第一次伝承の『ヴォルスンガ・サガ』に基づいている。ただ素材では数行で説明されていただけのことをワーグナーは詳しく、しかもたいへん感動的に展開している。簡単な説明にとどまっていた素材のエピソードを敷衍《ふえん》して感動のオペラにしているところがワーグナーの魅力であり、また偉大なところでもある。

『ワルキューレ』第三幕第三場のブリュンヒルデの台詞《セリフ》「私が犯したことは、／私の罪をあなたがこんなに恥ずかしいほどに罰するような、／恥ずかしいことだったのでしょうか」から始まり、永遠の眠りにつかされるまでの部分を説明しておくと、父ヴォータンは最初ブリュンヒルデを長い眠りにつかせて、そこを通りかかった男の餌食《えじき》となるのだという罰を与えようとする。しかし、それではブリュンヒルデが惨《みじ》めなので、彼女は真に勇敢な英雄だけが自分をわがものとすることができるように、自分の眠る岩山の周りに炎を燃え上がらせてほしいと願い出る。父ヴォータンは命令に背いたとはいえ、愛娘の願いだからその願いを叶えて、ブリュンヒルデを眠らせたあとで、火の神ローゲに語りかけて、ブリュンヒルデの周りに炎を燃え上がらせるのである。父娘《おやこ》の「愛情」がひしひしと伝わってくる場面で、『ワルキューレ』第三幕の中でも圧巻である。とりわけ「真に勇敢な英雄」という言葉のところで「ジークフリートのライトモチーフ」が奏でられて、この場面でブリュンヒルデとジークフリートがのちに愛で結ばれることがほのめかされている。これまでの伝承では見られなかったワーグナーの独創的な部分で、その意味でも重要な場面である。

第四節　第二夜『ジークフリート』におけるブリュンヒルデの目覚め

1　第一幕　ブリュンヒルデの相手役ジークフリートの成長

ジークリンデは東の方の逃げ延びた森の中でジークフリートを産むと、難産だったために亡くなった。赤子は鍛冶屋ミーメに拾われて、その森の中で成長するが、熊などをはじめとする動物たちと過ごしているうちに、生き物には「雄と雌」がいることに気がついて、次第に異性に目覚めていく。ヴォータンにより罰として永遠の眠りにつかされたブリュンヒルデをやがて目覚めさせるジークフリートの内面的成長を描いているのが、この第一幕である。

さらに鍛冶屋ミーメからは母ジークリンデが遺した父ジークムントの折れた剣の破片を受け取ると、ジークフリートはそこから見事な剣を鍛え上げ、この剣でもって第二幕で竜を打ち倒すのである。

2　第二幕　森の小鳥から眠るブリュンヒルデの存在を聞き知るジークフリート

ジークフリートはミーメに唆《そそのか》されて「恐れ」というものを知るために竜退治に出かけることになっている。これはグリム童話の『恐れを知るために旅に出かけた男の話』からヒントを得たものである。ジークフリートは「恐れ」を知るために巨人ファフナーが竜に化けて指環を護っている森へ出かけていくのである。

その森に着くと、ジークフリートはやがて洞穴から出てきた竜と戦い、先に完成させた剣を彼の胸に突き刺して倒した。その胸から剣を引き抜いた瞬間、ジークフリートは手についた熱い血を吸い取るために指を口に入れた。すると小鳥の声が理解できるようになって、その助言に従って竜の洞穴に入って行って指環と隠れ頭巾を手に入れた。そのあと小鳥たちから、ミーメが以前から指環を横取りすることを企んでいたことを聞き知って、邪悪なミーメを成敗した。そのあとさらにジークフリートは小鳥からブリュンヒルデのことを聞き知るのである。

森の鳥の声

ハーイ！　ジークフリートは今や／邪悪な侏儒を打ち殺した。

今や私は彼のために／とてもすばらしい女性を知っている。

彼女は高い岩山の上で眠っており、／彼女の広間の周りには炎が燃えている。

彼がその炎を通り抜けて、／花嫁を目覚めさせたら、
ブリュンヒルデはそのときこそ彼のもの！

この森の鳥の声はジークフリートの胸を激しく焼き焦がし、「俺の心と感覚の中をすばやく／駆け回っているのは何だろうか？」と、森の鳥に教えてほしいと頼むと、森の鳥の声は「私は苦しみの中でも／楽しく愛を歌い、／悲しみの中から私の歌を紡ぎ出す。／憧れを知る人だけがその意味を知っている！」と答える。この言葉を聞くと、ジークフリートはこの森からその岩山に自分を駆り立てるものを感じ、「自分にはその炎を突き破って、／花嫁を目覚めさせられるだろうか」と、再度森の鳥に尋ねると、森の鳥の声は次のように答える。

森の鳥の声
花嫁を獲得すること、／ブリュンヒルデを目覚めさせることは、
決して臆病者にはできない。／恐れを知らぬ者だけにできること！

この森の鳥の声に「恐れを知らない／愚かな少年とは、／わが小鳥よ、この俺のことだ！」と叫んで、竜ファフナーからも学べなかった「恐れ」というものを、今やブリュンヒルデから知ろうと思い、

喜びに燃えて、岩山へ行く道を尋ねると、森の鳥は羽ばたき飛び立ってジークフリートの上空を旋回して、彼を先導する。

この小鳥は母ジークリンデのような母性愛を持った存在であり、ジークフリートを導いていくのである。

このように小鳥の案内でジークフリートはブリュンヒルデの眠る岩山をめざして突き進むのである。

3　第三幕　神の身分を捨てて愛する人間に生まれ変わるブリュンヒルデ

目覚めるブリュンヒルデ

こうしてジークフリートは岩山に通じる道の途中で待ち受けていたヴォータンと撃ち合いになるが、ヴォータンの槍を打ち砕くことによって、そこを通り抜けるにふさわしい英雄であることを証明して見せて、ついにブリュンヒルデの眠る岩山に辿り着く。一人の英雄が眠っていると思ったが、鎧兜《よろいかぶと》の紐を剣で断ち切ると、それは女性であった。その瞬間、ジークフリートが「男ではない！」と叫ぶ場面は、ド・ラ・モットー・フケーの同じ場面を彷彿とさせるが、ジークフリートは竜ファフナーも教えてくれなかった「恐れ」というものを、ここで初めてこの女性から学び取ったのである。「恐れ」というものを知ったということは、異性に目覚めたあかしである。ジークフリートは眠る女性に長い口づけをすると、やがて女性は目覚める。

ブリュンヒルデ
太陽に祝福を！／光に祝福を！
明るい広間に祝福を！／私の眠りは長かった。
私は目覚めたのです。／私を目覚めさせてくれた
英雄はどなたですか？

するとジークフリートは彼女の目と声に厳かに感動し、縛り付けられたように立って、答える。

ジークフリート
岩山のまわりに燃えていた／炎を越えて俺はやって来た。
そしてそなたの固い兜を断ち切った。／そなたを目覚めさせた俺は、ジークフリートです。

自分を目覚めさせてくれた英雄が、ずっと以前から予期して、目覚めさせられるのを待っていたジークフリートだったので、ブリュンヒルデは身を起こして、座ったままに目覚めた喜びを歌い上げる。

ブリュンヒルデ
神々に祝福を！／この世に祝福を！
きらびやかな大地に祝福を！／今や私の眠りも終わりです。
私を起こしてくれたのは、／ジークフリートですね！

これを受けて、ジークフリートも最高に魅惑されて、喜びを発散させる。

ジークフリート
俺を産んだ／母に祝福を！
俺を育ててくれた／大地に祝福を！
今幸せな俺にほほえみかける／その瞳を俺が見ることができるとは！

この言葉にブリュンヒルデも大いに感動して、目覚めの喜びを露わにする。

ブリュンヒルデ
あなたを産んだ／母に祝福を！

あなたを育てた／大地に祝福を！
あなたの目だけが私を見るのを許された！／あなただけのために私は目覚めを許された！

二人はまったくうっとりとして互いに目を見合わせたまま、われを忘れたような状態である。ブリュンヒルデは続ける。

ブリュンヒルデ

ああ、ジークフリート！ジークフリート！／このうえなく幸せな英雄よ！
生命を目覚めさせたあなた、／勝利を収める光よ！
ああ、この世の喜びよ、私があなたを／以前から愛していたことを知ってくれたら！
あなたは私の心配でした。／あなたが生まれる前に、
私はか弱いあなたを養っていたのです。／あなたが生まれる前に、
私の楯があなたを覆い隠していたのです。／そんなにも前から私はあなたを愛していたのです、

ジークフリートよ！

この言葉を聞いて、ジークフリートは「それでは、俺の母は死ななかったのですか？／愛する母は

ただ眠っていただけですか？」と、一瞬この女性が自分の母なのかと錯覚してしまう。それに対してブリュンヒルデはほほえみながらやさしく手を彼の方に差し伸べて、「あなたのお母さんはもう戻って来ない」と伝える。ワーグナーの音楽とともにすばらしい目覚めの感動的な場面である。

長い眠りから目覚めたブリュンヒルデが大地や昼間や神々に祝福を送る場面は、『ヴォルスンガ・サガ』には見出されない。だが、『歌謡エッダ』の「シグルドリーヴァの歌」において読み取れることを考慮に入れると、ワーグナーはこの場面でそれを素材に使用したと推定される。しかし、引用テクストの最後のように、ジークフリートがブリュンヒルデの話を聞いているうちに、彼女を一瞬母親だと錯覚してしまう場面は、ワーグナーの独創的な部分である。ワーグナーにおいてブリュンヒルデはジークフリートにとっては伯母であり、妻でもあるが、同時にこの場面のように母親と考えてよいかもしれない。ブリュンヒルデがこのようにジークフリートに対して母性的な愛を抱いているところもワーグナーの特徴の一つである。

ジークフリートの求愛を受け入れるブリュンヒルデ

こうしてブリュンヒルデは宿命的に真に勇敢な男によって生命に目覚めさせられるとともに、ジークフリートの方は初めて異性への愛に目覚めるが、ブリュンヒルデはこれまでワルキューレの時代に身に着けていた鎧や兜が地面に落ちているのを目にして、未来に不安を覚える。ジークフリートが彼女の鎧と兜を切り裂いたことに気がついたとき、「私はもはやブリュン（鎧）ヒルデ（戦士）ではない！」と嘆くところからは、ワーグナーの言葉遊びを読み取ることができておもしろい。そのようにもはや以前の自分ではないことに不安を覚えるブリュンヒルデが、それをジークフリートに訴える場面は、『ジークフリート』第三幕第三場の中でも白眉《はくび》と言ってよいだろう。ワーグナーが妻コジマの誕生日にプレゼントしたと言われる「ジークフリートの牧歌」のメロディが使われている場面である。

ブリュンヒルデ
私は永遠だったし、／今も永遠です。
甘い憧れの／喜びにおいて永遠、
あなたの至福のために永遠なのです！／ああ、ジークフリート、すばらしい人！
世界の宝！／大地の命！
ほほえむ英雄！

このようにブリュンヒルデはジークフリートを褒め称えるが、彼の愛を受け入れるにあたっては、一抹の不安を覚え、このあと「私から離れて！……／私に近づかないで！」と言ったあと、自分を「澄んだ小川の水面《みなも》」になぞらえて、水を掻き立てて、波を立てると、水面の自分の姿はもう見られない

ジークフリート役のジーン・コックス(テノール)とブリュンヒルデ役の
ギネス・ジョーンズ(ソプラノ)、ロンドン、1978年

ので、「私に触らないでください」と頼むのである。こういう愛への不安を覚えるブリュンヒルデはワーグナー特有のものと言えよう。ブリュンヒルデは、ジークフリートの愛を退けようとするが、それに対してジークフリートは、「自分を焼き焦がす炎を／波の中で冷やすために、／小川の中に飛び込むことにしよう」と言いながら、しきりにブリュンヒルデに「俺のものとなれ！」と迫る。このジークフリートの激しい求愛にブリュンヒルデは、最後には負けてしまい、その愛を受け入れて、神々の世界に別れを告げて、人間の女性として愛に生きる決意をする。この第三幕最終場面で二人はこれからの新しい生活を「ほほえむ死！」（Lachender Tod!）と表現しているが、この一見矛盾に満ちた言葉の中には、ブリュンルデが神の身分を捨てて、これからは互いに人間として「ほほえむ死」に生きようという決意を読み取ることができる。

この最終場面でのブリュンヒルデとジークフリートの愛の二重唱も文句なしに『ジークフリート』第三幕の中でも圧巻であり、「すばらしい」の一言に尽きる最も感動的な場面である。五、六世紀にニーベルンゲン伝説が生まれてから、ワーグナーによって初めてジークフリートとブリュンヒルデの愛が高らかに歌い上げられたと言える。素材の『ヴォルスンガ・サガ』では数行でしか語られていなかった二人の愛を敷衍して楽劇として感動的に展開させているところが、ワーグナーの功績である。

第五節　第三夜『神々の黄昏』におけるブリュンヒルデによる世界救出

1　序幕　夫を冒険の旅に送り出すブリュンヒルデ

こうして愛で結ばれたジークフリートとブリュンヒルデであるが、英雄たる者は常に冒険の旅を続けなければならない。ブリュンヒルデは愛するがゆえにジークフリートに旅立ちを許す。この場面でブリュンヒルデは神々が自分に教えてくれたものをジークフリートにすべて与えたと言い、「もはや与えることのできない／あわれな自分をさげすまないでください」と頼んだりするが、この場面は『歌謡エッダ』や『ヴォルスンガ・サガ』のいたる所で、神の身分であるブリュンヒルトがシグルズ（ジークフリート）にさまざまなことを教え諭していくことを前提にしていると思われる。知識豊かなブリュンヒルデをワーグナーは『神々の黄昏』の序幕に織り込んでいることが理解できよう。素材の『ヴォルスンガ・サガ』ではこの二人の別れの場面はただ簡単に「シグルズは黄金の腕環を与え、誓いを新たに交わしてブリュンヒルトのもとを去っていった」と語られているだけであるが、ワーグナーはそれを敷衍して、愛のしるしに指環を与えてブリュンヒルデのもとを去っていく場面を事細かに感動的に描いている。ワーグナーの独創的な場面と言ってよいであろう。

2　第一幕　裏切られるブリュンヒルデ

こうしてジークフリートはブリュンヒルデのもとを去ってライン河畔のグンターの館にやって来るが、ジークフリートとブリュンヒルデの愛はそこの悪漢ハーゲンの策略の餌食となる。ハーゲンの策略により忘れ薬を飲まされたジークフリートは、ブリュンヒルデのことを忘れてしまい、目の前にいるグンターの妹に惚れてしまう。その忘れ薬の中には過去の女性を忘れさせると同時に、現在目の前にいる女性に惚れさせるという効き目も込められていたのである。その場面でジークフリートが薬を飲んだとき、急激に燃え上がった情熱にとりつかれて、目の前にいるグンターの妹の名前を尋ねると、グンターは「グートルーネ」と答える。それを受けてジークフリートは「彼女の目から読み取れるのは、／よきルーネ（グートルーネ gute Runen）か？」と独り言を口にするところなどでは、『ジークフリート』第三幕での「私はもはやブリュン（鎧）ヒルデ（戦士）ではない！」と同じように、ワーグナーの言葉遊び（ルーネとは古代北欧のゲルマン人が用いたルーネ文字）が読み取られておもしろい。ジークフリートは情熱的な衝動に駆られて、グートルーネの手を取る。このグートルーネとなんとしても結婚したいジークフリートは、グンターがブリュンヒルデに求婚するのに、隠れ頭巾を使って手助けをすることになる。『ヴォルスンガ・サガ』と同じ展開であり、『ニーベルンゲンの歌』で言えば、三種競技をする場面に相当するが、ワーグナーは『ヴォルスンガ・サガ』の場面を敷衍して独自の展開としている。

こうしてブリュンヒルデは、隠れ頭巾の策略によってグンターに化けたジークフリートから指環を抜き取られて、グンターの妻として岩屋の中に入っていくのである。その際、ジークフリートは抜き身の剣をブリュンヒルデとの間に置くことによってグンターへの忠誠を示すが、ブリュンヒルデからすれば裏切られたこととなるのである。

3 第二幕 頭が混乱した状態のブリュンヒルデ

ハーゲンの策略に操られたジークフリートの手助けによってグンターは、花嫁ブリュンヒルデを伴って館に戻るが、花嫁は青ざめた顔を伏せたままである。ジークフリートがグートルーネを伴ってそこへやって来て、グンターからその名前が叫ばれたとき、ブリュンヒルデは驚いて初めて顔を上げる。目の前にジークフリートの姿を認め、彼がグンターの妹グートルーネと結婚することを耳にすると、ブリュンヒルデはよろめいて倒れそうになる。彼女はジークフリートが自分のことを知らないようなので、ひどく心を乱している。やがてジークフリートの指に指環を見つけたときには、さらに頭が混乱してくる。この指環はグンターが求婚に来たときに強引に奪い取ったはずのものだからである。ジークフリートに尋ねても、またグンターに尋ねても、きちんとした納得のゆく返事が返ってこないので、ブリュンヒルデは欺きを察して、「私からこの指環をもぎ取ったのは、…／欺きの盗人ジークフリートだったのです」と叫んで、ジークフリートを責める。これに対してジークフリートは、「この指環は女から手に入れたものではない。…／かつて強い竜を倒したとき、／洞穴の前で勝ち得たものなのだ」と答える。

この場面でジークフリートは、前日の岩山での自分の行動を忘れ果てているのだろうか。ジークフリートは岩山でのことが首尾よくいったことをハーゲンとグートルーネに報告していることから、それを忘れているとは考えられない。とすれば、ジークフリートはそのときとっさに機転をきかせて、遠い昔の竜退治のことを語って、その場をうまく言い逃れようとしているのだろうか。あるいは前日の出来事のうち指環を奪い取った瞬間だけは、特殊な忘れ薬のために記憶に残っていないのだろうか。いずれにしても不可解な場面と言わざるを得ない。

この場面について筆者はかつて拙著『ジークフリート伝説』（講談社学術文庫）の中ですでに私見を述べたが、それを引用すれば、この場面は『ニーベルンゲンの歌』においてジークフリートがグンターの姿でブリュンヒルトを押さえつける場面（写本C六七〇〜六九一）の裏返しではないかということである。ワーグナーが『ニーベルンゲンの歌』の展開を裏返しのかたちで取り入れていることは、多くの箇所で認められるが、この場面もその裏返しの一つである。すなわち、『ニーベルンゲンの歌』原典に最も近いと言われている写本Bのテクストでは、「彼は姫の手から黄金の指輪を一つ抜き取ったのだが、／貴い王妃は一向それに気がつかなかった」（写本B六七九、四）と語られている（写本Cのテクスト六八八詩節ではこの場面は若干の修正が加えられている）。このようにブリュンヒルトは指環を抜き取られたことにはまったく気がつかなかったが、ワーグナーはその裏返しのかたちでジークフリートの方がたちまち指環のことを忘れてしまったとしているると考えられるのである。『神々の黄昏』第二幕第一場でアルベリヒが語っているように、ジークフリートは「指環の価値を一切知らず、／その羨《うらや》ましい力を／全然利用しない」のであり、指環にはまったく関心がないのである。この場面でもジークフリートは無意識のうちに指環を自分の指に嵌《は》めていたのである。それをブリュンヒルデに見つけられて詰問されたとき、彼は本能的に竜退治でそれを獲得したことを思い出したのである。しかし、ジークフリートが忘れ薬のために自分のことを忘れ果てていることを知らないブリュンヒルデは、裏切られたと思って、「皆さん、聞いてください。／彼（グンター）ではなく、／あそこの人（ジークフリート）と／私は結婚したのです。／…彼が私から悦びと愛を奪い取ったのです」と打ち明ける。ジークフリートが洞穴の前で指環を勝ち得たという話が偽りでなかったように、このブリュンヒルデの言葉も、岩山での長い眠りのあと二人は愛で結ばれたという限りにおいては、決して偽りではない。しかし、これが前日の出来事として語られているなら、一大事となる言葉である。ジークフリートは自らの潔白を証明するために、「抜き身の剣が／二人の間に置かれていた」ことを持ち出すが、それに対してブリュンヒルデは「剣は鞘に収まって、／壁にかかっていた」と言う。このブリュンヒルデの言葉も岩山で初めて二人が愛で結ばれたときのことだとすれば、嘘偽りではないが、前日のことだとすると、衝撃的な言葉である。追い詰められたジークフリートは、ハーゲンの差し出す槍の穂先に指をあててグンターとの誓いを破っていないことを誓えば、ブリュンヒルデも同様に「この男は誓いを破り、／

今も偽りの誓いを立てたのだから、／この槍の穂先が／彼を傷つけるように！」と誓いを立てる。

のちにジークフリートがこのハーゲンの槍で突き刺されてしまうことを考えると、ジークフリートはやはりグンターとの「兄弟の契り」を破ったのであろうか。真相は謎に包まれているが、私見によれば、ジークフリートは兄弟の誓いを破ってはいない。といって、ブリュンヒルデもまったくでたらめな作り話をしているのでもない。二人の間にはブリュンヒルデの目覚めのあとの愛の生活とグンター求婚の時期とが互いに交錯しているだけである。このような紛糾《ふんきゅう》に陥ったのも、すべてはハーゲンの策略による忘れ薬の魔力によるものである。この場面でブリュンヒルデの頭はまったく混乱していると言ってもよいであろう。そのブリュンヒルデの心が動揺しているのをうまく捉えて、ハーゲンは復讐を唆すのである。『ヴォルスンガ・サガ』においてブリュンヒルトが嘘をついて夫グンナルにシグルズ暗殺を唆す場面にワーグナーは変更を加えて、このように紛糾に巻き込まれた新しいブリュンヒルデを描くことによって、ブリュンヒルデの内面を深く掘り下げることに成功しているのである。楽劇を見る観客をも紛糾に陥らせるような効果のあるすばらしい展開であると言えよう。

4　第三幕　世界を救うブリュンヒルデ

両王妃口論におけるブリュンヒルデ

第三幕はいよいよ英雄ジークフリートの暗殺を取り扱っているが、ジークフリート暗殺後のブリュンヒルデの行動によってワーグナー独自の世界が描かれている。この第三幕においてもワーグナーは従来の作品をそのまま使うのではなく、どこかに修正を加えたり、あるいは裏返しにしたりして、独自の世界を構築している。

従来の伝承では、主人公ジークフリートの暗殺のきっかけとなるのは、両王妃口論であったが、右で述べたように、ワーグナーではブリュンヒルデの指に嵌まっていた指環が紛糾の原因となっていて、両王妃口論は一見削除されたかのように思われる。しかし、そのあとの展開を見ると、『神々の黄昏』の中にもきちんと両王妃口論が織り込まれているのである。

それは、ジークフリートが暗殺されて、その遺体が館に運び込まれたとき、ラインの乙女たちから真相を聞き知って理性を取り戻したブリュンヒルデがグートルーネの前に進み出る場面である。ブリュンヒルデとグートルーネの台詞《セリフ》は次のようになっている。

グートルーネ（床から激しく跳び起きて）

ブリュンヒルデ！　恨みに燃える女！／この災いをあなたがもたらし、

あなたが兄弟たちを彼にけしかけた。／あなたがこの館に来たのが、災いだ！

ブリュンヒルデ

あわれな女性よ、黙るのです！／あなたは決して彼の妻ではなかった。
情婦として／あなたは彼を縛り付けただけのこと。
彼の本当の妻はこの私です。／ジークフリートはあなたに会う前に、
この私に永遠の誓いを立てていたのです。

『ニーベルンゲンの歌』ではブリュンヒルトがクリームヒルトから「ジークフリートの側女《そばめ》」だと罵《ののし》られて、ひどい恥辱を受けるのであるが、ワーグナーではブリュンヒルデが堂々と誇らしげに「ジークフリートの本当の妻はこの私です」と言っている。この点でもワーグナーの展開は『ニーベルンゲンの歌』と裏返しの関係にあると言えよう。ワーグナーはこのように従来のニーベルンゲン伝説の中のエピソードをできるだけ多く自分の作品の中に取り入れている。しかも従来の伝承とは違ったかたちで取り入れていることが理解できよう。

自己犠牲のブリュンヒルデ

『神々の黄昏』第二幕ではかなり取り乱していたブリュンヒルデは、第三幕になると、このようにラインの乙女たちから真相を聞き知って、また知識を取り戻して、皆の前に姿を現し、ジークフリー

トの遺体を前にして、ジークフリートの潔白を打ち明け、天に向かって、「すべての罪は神々にある」ことを口にする。ここではブリュンヒルデは審判者のようなかたちで登場していると言ってもよいであろう。

この最終場面におけるブリュンヒルデの殉死には、一体、どういう意味が盛り込まれているのであろうか。炎の中に身を投じるブリュンヒルデの行為は、『ヴォルスンガ・サガ』に由来するが、ワーグナーの作品ではこのブリュンヒルデの行為の中に「権力に対する愛の勝利」がほのめかされている。楽劇『ニーベルングの指環』四部作全体は、ラインの黄金から作ったニーベルングの指環をめぐって、神々、侏儒、巨人、人間が相争い、ともに滅びていく物語であるが、その根底には「権力」と「愛」の対立がある。指環はアルベリヒやヴォータン、ハーゲンなどの男たちにとっては「権力」の象徴であるが、ジークフリートとブリュンヒルデにとっては「愛」の象徴である。この「権力」と「愛」が対立しながら物語が展開されていく。しかし、ジークフリートとブリュンヒルデの「愛」は権力志向の男たちの餌食となる。ジークフリートは暗殺されてしまうものの、ブリュンヒルデはジークフリートの遺体を焼く炎の中に身を投げることで永遠の愛を勝ち得たと言える。すなわち、ジークフリートが岩山の周りに燃え上がる炎を飛び越えてブリュンヒルデの愛を勝ち得たように、ブリュンヒルデもまた今やこの最終場面で気高き英雄の亡骸を焼き尽くそうと燃え盛る炎の中へ飛び込んで殉死することによって、ジークフリートの永遠の愛を勝ち得たのである。赤々と燃え盛る炎は二人の愛の炎であると解釈することもできる。二人の愛の炎はやがてギービヒ家の館から天上の神々のワルハラの城にも燃え移って、まさに神々は黄昏を迎えようとしている。ジークフリートの死はこうして神々の没落をもたらすが、しかし、ジークフリートとブリュンヒルデの愛によってその廃墟の中からはやがて愛する人間の支配する新しい世界が生まれてくることがほのめかされているのである。ヴォータンやアルベリヒおよびハーゲンの「権力」は滅び去り、ジークフリートとブリュンヒルデの「死による愛」が勝利を収めたのである。

このようにニーベルンゲン伝説における「ジークフリートの死」が北欧神話の「神々の黄昏」と二重重ねになって物語が展開され、最後には神々の「権力」の世界に代わって新しい人間の「愛」の世界が到来することが暗示されている。ブリュンヒルデに関して言えば、勇ましく戦うワルキューレから愛する人間女性へと変化を遂げているのであり、北欧のエッダ・サガにおいてとは比べ物にならないくらい、ブリュンヒルデの内面が深く掘り下げられているところに、ワーグナーの大きな魅力がある。ブリュンヒルデ像はワーグナーによって初めて多様になり、内面化されて、さらには未来の「愛」の世界を築き上げることのできる「永遠に女性的なるもの」の象徴となっていると言えよう。

第六節　ブリュンヒルデの変容

以上のように見てくると、ワーグナーは楽劇『ニーベルングの指環』四部作を書くにあたっては、従来のニーベルンゲン伝説をことごとく活用しながらも、いたる所で独自のものを加えていることがよく理解できるであろう。それは主人公ジークフリートだけではなく、ブリュンヒルデ、つまりブリュンヒルトという人物に関しても言えることである。

北欧のエッダ・サガではブリュンヒルトはワルキューレとして登場するが、ワーグナーはそのワルキューレ（ブリュンヒルデ）を神々の長ヴォータンの愛娘として登場させている。またその北欧の伝承ではブリュンヒルトは、ヴォータンの怒りを買って、罰として長い眠りの刺《とげ》を刺されたことになっているが、その事情の詳細については語られていない。そこをワーグナーは敷衍するかたちで自らの物語を創り上げている。その際、グリム童話の要素をも取り入れて、ジークフリートはこのブリュンヒルデに「恐れ」を教えてもらっているところにも、ワーグナーのブリュンヒルデ像の特徴がある。

ドイツ中世英雄叙事詩の『ニーベルンゲンの歌』に関して言えば、その前編で北方の国（アイスランド）の女王として登場して、のちの英雄ジークフリートの暗殺のきっかけを作る、いわば「脇役」に過ぎないブリュンヒルトを、ワーグナーは英雄ジークフリートと愛で結ばれるまでにクローズアップして、二人の「愛と憎しみ」の新しい物語を築き上げている。しかもワーグナーはブリュンヒルデを神の身分であるワルキューレから愛する人間の女性に生まれ変わらせて、その「愛」によって世界を救うブリュンヒルデに創り上げている。北欧のエッダ・サガの世界では、ブリュンヒルトは自ら剣を胸に突き刺して、自害して果てる悲劇の人物であるが、ワーグナーではジークフリートの遺体を焼く炎の中に飛び込んでいく。今やジークフリートとブリュンヒルデを焼く炎は、「愛」の炎となってますます燃えさかり、「権力」による神々の世界はその炎に包まれて滅びてしまう。やがてラインの三人の乙女たちが指環を手にして、指環にかけられていた「呪い」は炎と水によって清められる。神々のワルハラの城が燃え落ちた廃墟の中からは、人間の「愛」による新しい世界が生まれ出てくるのである。ブリュンヒルデはさまざまな姿に「変容」していく人物であり、その「変容」にこそワーグナーのブリュンヒルデの言いしれぬ魅力があるのである。

第七章　現代におけるニーベルンゲン伝承作品

第一節　二十世紀における戯曲作品

このようにワーグナーの楽劇『ニーベルングの指環』四部作によってニーベンゲン伝説はまた新しく蘇ってきて、以前よりもさらにいっそう注目を浴びるようになる。二十世紀に入っても、ニーベルンゲン伝説を題材とした芸術作品は、次から次へと作られていくのである。その中でも特に目立っているのは、戯曲作品である。

1　ザムエル・ループリンスキーの戯曲

まず注目すべき戯曲としては、新擬古典主義者ザムエル・ループリンスキー（一八六八〜一九一〇）の『グンターとブリュンヒルト』（一九〇八年）が挙げられる。この作品のあらすじは二日間の出来事に凝縮されていて、しかもライン河畔ヴォルムスでの出来事に限られている。グンターが作品の中心に据えられ、従ってハーゲンはこの作品から締め出されていて、ジークフリートを刺し殺すのもグンターである。ブリュンヒルトはこのジークフリート暗殺になくてはならない人物である。あらすじは一つの政治的ドラマとして展開されている。

2　パウル・エルンストの二つの戯曲

このループリンスキーとともに新擬古典主義の代表者と見なされるパウル・エルンスト（一八六六〜一九三三）の二つのニーベルンゲンドラマも注目に値する。まず一九〇九年に書き上げられた戯曲『ブルンヒルト』は、一九一一年にミュンヘンで初演された。登場人物が制限されて、あらすじは結婚式の夜が明けたところから始まり、ハーゲンによるジークフリートの暗殺ののち、ブルンヒルトがジークフリートの剣で自害し、ジークフリートの遺体とともに同じ薪の山で焼かれるところで終わっている。北欧の伝承に近い筋の展開である。

一九一八年に書かれたもう一つの戯曲『クリームヒルト』は、一九二四年にマンハイムで初演された。この戯曲においても登場人物はかなり制限され、たとえば、ディートリヒやヒルデブラントは登場しない。そのためハーゲンを捕えるのは、リュディガーであり、ハーゲンを惨殺したクリームヒルトを成敗するのは、エッツェル王である。リュディガーはエッツェル王に仕えるのをやめて、娘グートルーンと一緒にその宮廷を去ることで終わっている。ジークフリート暗殺後のクリームヒルトの復讐を取り扱った作品なので、ブリュンヒルトは登場しない。

3　マックス・メルの戯曲

次に注目すべきは、マックス・メル（一八八二〜一九七一）の戯曲『ニーベルンゲン族の災い』二部作（一九四二年、一九五一年）である。第一部は一九四四年にウィーンのブルク劇場で初演され、第二部は戦後一九五一年に同劇場で初演された。筋の展開は主に『ニーベルンゲンの歌』に従っているが、著しい逸脱もある。たとえば、第一部ではブリュンヒルトが大きくクローズアップされて、ジークフリート暗殺のあと、彼女はジークフリートの船の中で自害することになっている。第二部においてはディートリヒがキリスト教的・人道主義的人物の代表者として『ニーベルンゲンの歌』においてよりもさらに重要な役割を演じている。

第二節　ヘルマン・ヘンドリッヒの絵画

ニーベルンゲン伝説は、本書口絵等にも掲載しているように、絵画でも伝えられている。その中でもヘルマン・ヘンドリッヒ（一八五四〜一九三二）について、以下に詳しく説明しておこう。ボンの町からライン河を少し遡った所にケーニヒスヴィンターという町があり、そこに英雄ジークフリートが竜を退治したと伝わる「竜の岩山」がある。その岩山への登り口近くに「ニーベルンゲン・ホール」がある。一九一三年にワーグナー生誕百年の機会に建設された博物館である。そこにはワーグナーのオペラ作品の十二枚の絵画が展示されている。楽劇『ニーベルングの指環』四部作のあらすじを辿るかたちで、「ラインの黄金」から始まって、「ジークフリートの死」で終わる十二枚の絵画である。筆者は「竜の岩山」に登った日に、その「ニーベルンゲン・ホール」で十二枚セットの絵画の複写を購入した。その中にはもちろんブリュンヒルデに関する三枚の絵画も含まれている。

一枚目は「ワルキューレの嵐」という表題がついている。馬に乗って嵐の中を飛んでいるワルキューレがおそらくブリュンヒルデなのであろう（口絵4）。二枚目は「眠っているブリュンヒルデ」という表題がついていて、背後の山はブリュンヒルデが横たわって眠っている姿を表現している（口絵5）。三枚目は「ブリュンヒルデの目覚め」の絵画であり、岩山の上でブリュンヒルデが目覚めて、立ち上がろうとする姿が描かれている（口絵6）。ワーグナーの楽劇『指環』四部作はヘルマン・ヘンドリッヒによって絵画物語にもなっているのである。

ニーベルンゲン・ホール

第三節　フリッツ・ラング監督の映画『ニーベルンゲン』二部作

二十世紀には映画も誕生し、映画でもニーベルンゲン伝説が取り上げられている。一九二四年にはフリッツ・ラング監督（一八九〇〜一九七六）によって制作された『ニーベルンゲン』二部作がそれである。第一部『ジークフリート』と第二部『クリームヒルトの復讐』から成り、どちらともまだサイレント・ムービーである。現在、DVDでオリジナル音楽付きデジタル版（第一部二時間二十分、第二部二時間二十六分）が販売されているが、一九九〇年代には日本人用に活弁付きのビデオテープ（第一部一時間三十六分、第二部一時間三十一分）も制作されて、しかもテレビでも繰り返し放送された。日本語による活弁とともにワーグナーの楽劇『指環』四部作の音楽が随所に鳴り響き、一時間三十五分前後に凝縮されているので、サイレント・ムービーとしても結構楽しめる日本版映画である。

1　映画『ニーベルンゲン』二部作の制作

フリッツ・ラング監督の映画『ニーベルンゲン』二部作のオリジナルは、先に述べたように、第一部と第二部ともに一九二四年に制作された。脚本はフリッツ・ラング監督の妻テア・フォン・ハルボウである。彼女は第一次世界大戦で敗戦して落ち込んでいるドイツ国民に対して、自国民の根源を想起させるゲルマン神話への憧憬を新たに呼び起こすことをこの映画の目的としている。このような目的のもとで制作されたこの二部作映画は、全体においてドイツ中世英雄叙事詩『ニーベルンゲンの歌』を基本としており、第一部『ジークフリート』は『ニーベルンゲンの歌』前編にあたり、第二部『クリームヒルトの復讐』はその素材の後編にあたる。この『ニーベルンゲンの歌』のほかに、さらに古い素材に基づくジークフリートの冒険譚も取り入れられており、それに伴ってブリュンヒルトにも変更が加えられて、物語が展開していく。以下では、活弁付きでワーグナーの音楽も随所に用いられている日本版映画を用いて、それらの素材との共通点と相違点とを指摘しながら、『ニーベルンゲン』二部作について詳しく紹介し、その特徴などを述べることにしよう。

2　第一部『ジークフリート』の特徴

冒頭ではジークフリートの冒険譚が取り入れられている。賢者ジークムント王の息子ジークフリートは、日本語の活弁によると、父王に遣わされて深い森の中の刀鍛冶ミーメのもとで修業をしている。苦心の末、鋭い剣が出来上がったようである。刀鍛冶ミーメのもとを去るにあたって、ジークフリートは鍛冶屋の徒弟

『ニーベルンゲン』のポスター

たちから初めてブルグント国の美しい姫クリームヒルトの噂を聞いて、彼女に求婚することを思い立つ。ジークフリートは刀鍛治ミーメにブルグント国ヴォルムスへの道を尋ねると、ミーメはわざと反対側の道、すなわち、進めば進むほど、ブルグント国からは遠ざかる道を教える。深い森の中でジークフリートは竜と出会い、竜を退治する。戦いのあと、竜の血に触れた瞬間、熱かったのでとっさに指を口に入れると、不思議なことに小鳥の言葉が理解できるようになる。このあたりはドイツの伝承というよりは、北欧の伝承に基づいており、この小鳥の忠告に従って、竜の血を浴びて「不死身の甲羅と化した英雄」となるが、しかし、その際一枚の菩提樹の葉が背中に落ちてきて、そこだけは血がつかずに唯一傷つけられる急所となるのである。

竜退治のあとは、侏儒《こびと》アルベリヒから隠れ頭巾を奪い取るエピソードと、アルベリヒを成敗してニーベルンゲン族の財宝の所有者となるエピソードが展開されている。

これらはいずれも古代ゲルマンの古い伝承に基づくものであり、この映画ではブルグント国ヴォルムスの宮廷に仕える吟遊詩人ヴォルカーが皆の前で歌う設定となっている。その歌の中の英雄ジークフリートに特に関心を抱いたのが、クリームヒルト姫であり、姫は吟遊詩人に褒美を差し出す。このあたりはこの映画ならではの展開になっていると言えよう。

吟遊詩人ヴォルカーが歌った英雄ジークフリートが、まさにこの宮廷に姿を現す。竜退治のあと、ジークフリートは十二人の国王を打ち倒したと思われ、十二の国を配下に従えた王として、今や十三人目の家来にしようとブルグント国にやって来たのである。ジークフリートはグンター王らの前で最初は雄々しく戦いを挑もうとする。ところが、そこへ美しいクリームヒルトが姿を現すと、突然ものの柔らかな態度に出て、グンター王にクリームヒルトとの結婚を申し出る。そこで口を開いたのがハーゲンである。ハーゲンはこの映画ではクリームヒルトの伯父ということになっていて、「この国では妹は兄よりも早く嫁ぐことはできないことになっている」と言う。クリームヒルトの伯父となっている点では異なるが、ハーゲンがジークフリートの力を利用しようと企んでいることは、『ニーベルンゲンの歌』と同じである。

そこでジークフリートはグンターがアイスランドの女王ブリュンヒルトに求婚するのに手助けをすることになる。ジークフリートは英雄である上に、何よりもそれを被れば身を隠すことができ、さらにはどんなものにも変身できるという不思議な隠れ頭巾を持っていることを、ハーゲンは知っていたのである。

さっそくジークフリートはグンター王の伴《とも》をしてアイスランドに赴き、ブリュンヒルト女王の前に立つ。ブリュンヒルトはまず優れた英雄らしく見えるジークフリートに挨拶をするが、ジークフリートは「求婚に来たのはグンター王で、自分は家来だ」と答える。そこで結婚の条件である石投げ、幅跳び、槍投げの三種競技はブリュンヒルトとグンター王の間で行われることになる。実際に競技を行ったのは、もちろん隠れ頭巾で身を隠したジークフリートであった。三種競技は男たちの勝利に終わり、ブリュンヒルトはグンター王の花嫁としてヴォルムスに向かう。

こうしてヴォルムスでは二組の結婚式が行われるが、ブリュンヒルトは最初から心を寄せていたジークフリートがクリームヒルトと結婚することを知ると、嫉妬に苦しむ。ブリュンヒルトはグンター王の愛撫を拒むので、グンター王はジークフリートに手助けを求める。ジークフリートは再度隠れ頭巾を被って、グンター王に変身した上で、ブリュンヒルトのベッドの上で彼女を押さえつけ、無意識のうちに腕輪を奪い取ってきて、元の姿に戻り、グンター王に彼女を引き渡した。

こうしてひとまず落ち着いたかに見えたが、しかし、偶然その腕輪がクリームヒルトの手に渡り、ジークフリートはクリームヒルトにグンター王との間の秘密をすべて話してしまう。

そうしたある日のこと、教会に出かけたとき、クリームヒルトとブリュンヒルトはどちらが先に教会に入るかをめぐって、口論をしてしまい、クリームヒルトはその腕輪をブリュンヒルトに見せてしまう。この上ない恥辱を被ったブリュンヒルトはジークフリートを殺すようにとグンター王に要求する。このブリュンヒルトの恥辱をうまく利用したのがハーゲンであり、ジークフリート暗殺を実行していくのである。

『ニーベルンゲンの歌』と同じように、暗殺の場所は狩りの行われる森の中となった。暗殺を企むハーゲンは、密かにクリームヒルトのもとに出かけて、「我々は狩りに出かけるのではない。実は戦いに出かけるのだ」と嘘をついて、彼女の不安を掻き立てる。このあたりは狩りと戦いが『ニーベルンゲンの歌』と裏返しになっていて興味深い。ハーゲンが悪賢いことはいずれにおいても同じであり、この映画ではハーゲンは、どこからともなく飛んでくる投げ槍がジークフリートの背中に当たるのを恐れるクリームヒルトの不安をうまく利用して、「ジークフリートを確実に護ってやるから、その護るべき急所の箇所を教えてほしい」と言う。クリームヒルトはハーゲンを信じて、『ニーベルンゲンの歌』と同じように、その急所の箇所に十字の印を縫い付けるのである。何か胸騒ぎのするクリームヒルトは、狩りに出かけるジークフリートを引き留めようとするが、ブリュンヒルトとの口論から口を慎むように言い渡されていたので、このたびは逆にハーゲンに秘密をもらしたことをジークフリートに打ち明けることができない。このあたりがこの映画ではよく出来ていると思われる。

ジークフリート暗殺は狩りの森の中で、ハーゲンの企みどおり、ジークフリートが泉の水を飲んでいるときに、背後から投げ槍でもって急所を突き刺して、実現する。ジークフリートの遺体が宮廷に運ばれて、それを見ると、クリームヒルトは下手人がハーゲンであることをすぐに見て取る。しかし、今のままでは仇を討つことはできず、いつの日か必ずや仇討をすると誓う。一方、ブリュンヒルトはジークフリートが暗殺されたことをグンター王から聞かされると、グンター王を罵《ののし》って、高い声を上げて笑う。この「高笑い」は、すでに述べたように、古代ゲルマン時代の原型からその後も伝承の中に取り入れられているものである。この映画でもブリュンヒルトは「高笑い」をしながら、グンター王に向かって、ジークフリートを殺すようにと言ったのは本心ではなかったことを明かしながら、グンター王には「王の資格がない」とまで言うのである。そのあとブリュンヒルトはジークフリートの遺骸のそばで自らの胸に剣を突き刺して、ジークフリートのあとを追って殉死する。この最後の場面は北欧の『ヴォルスンガ・サガ』を利用していることが明らかであり、ワーグナーの影響も大いに考えられるところである。

3　第一部『ジークフリート』におけるブリュンヒルトの特徴

このようにこの映画では、ブリュンヒルトが最初から英雄ジークフリートに心を寄せており、その嫉妬がクローズアップされているところに大きな特徴がある。しかも北欧の『ヴォルスンガ・サガ』やワーグナーの作品のように、ブリュンヒルトはジークフリートとあらかじめ愛で結ばれていたのでもなく、従って、忘れ薬も出てこないで、ブリュンヒルトはジークフリート

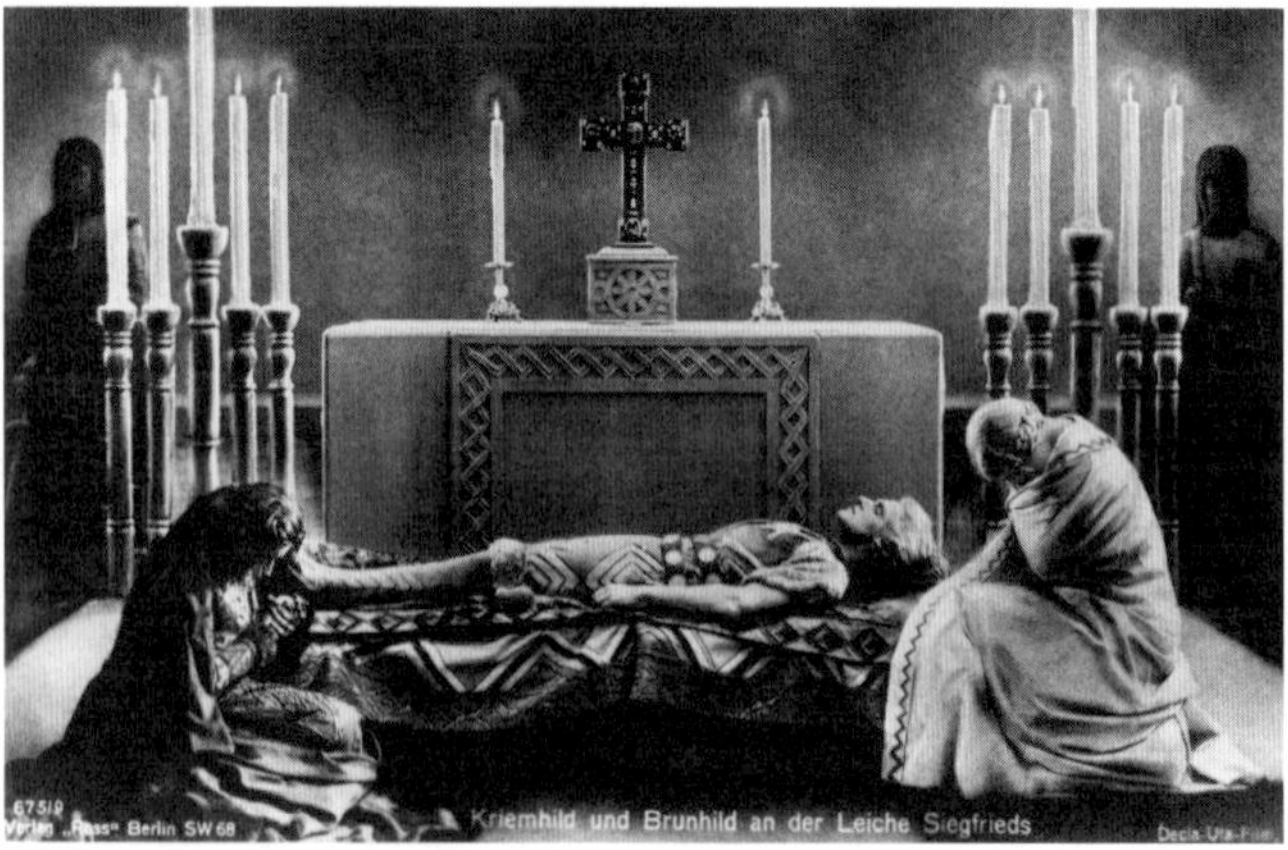

殉死するブリュンヒルト（左）

を一目見た瞬間、彼に心を寄せたことになっている。そのブリュンヒルトの嫉妬は、ジークフリートがクリームヒルトと結婚することを知るや否や、さらにますます募っていって、その嫉妬ゆえにジークフリート暗殺をハーゲンにけしかけたとも言える。ブリュンヒルトの嫉妬にこの映画の特徴があり、その意味では北欧的である。ただ映画全体は明らかにドイツ伝承の『ニーベルンゲンの歌』に従っていることは、以上述べてきたとおりである。

4　第二部『クリームヒルトの復讐』のあらすじ

前編の最終場面でブリュンヒルトは自害しているので、後編には登場しないが、ニーベルンゲン伝説においてはクリームヒルトと対を成す人物でもあるので、この映画の後編についても、以下に簡単に紹介しておこう。

まず冒頭で前編のあらすじが要約されると、次は愛しい夫ジークフリートを暗殺された妻クリームヒルトがニーベルンゲンの財宝を人々に分け与えている場面である。それを見たハーゲンは、クリームヒルトが財宝でもって味方を集めるのを恐れて、財宝を奪い取ることを決意する。このあたりは原作の中世英雄叙事詩では前編の最終場面にあたるが、この映画では後編にあたる第二部の冒頭部分に挿入されている。

そのあとは原作後編の冒頭部分と同じく、クリームヒルトのもとにフン族のアッチラ王の使者としてベッヒェラーレンの辺境伯リュディガーがやって来て、アッチラ王が彼女に求婚していることを伝える。しかし、クリームヒルトは亡夫ジークフリートの復讐への思いにとらわれたままで、アッチラ王の求婚にはまったく関心がない。その間、ハーゲンがニーベルンゲンの財宝をライン河に沈める場面がスクリーンに映し出される。

愛しいジークフリートが遺した財宝まで奪われたことから、クリームヒルトは復讐の実行を決意して、アッチラ王の求婚を受け入れることにした。その際、リュディガーが剣にかけて忠誠を誓ったことも、クリームヒルトの決意を強くさせた。クリームヒルトの心にはジークフリート暗殺への復讐の思いがあったことは、フン族の国へ旅立つ前にその暗殺場所の森の中の泉のほとりへ出かけて、雪をかきわけて、雪の下の土を採取したことからも明らかである。

こうしてクリームヒルトはフン族の国へ嫁いでいき、やがて息子を儲《もう》ける。クリームヒルトはクリームヒルトで生まれた息子に復讐の夢を託す。原作のように復讐のために息子を犠牲にすることは目論んでいない。その点、原作と異なり、クリームヒルトの残虐さが軽減されているとも言えるが、復讐の念をさらに一層強くしていく。この彼女の強い復讐心が執拗に表現されているところにこの映画の特徴がある。世継ぎを産んでくれたクリームヒルトに向かって、アッチラ王が褒美として何か望みはないかと尋ねたときも、クリームヒルトは復讐を遂げるためにブルグント国の兄弟たちをこの国に呼び寄せてほしいと答える。こうしてブルグント族はフン国に向かうことになるが、原作で感動的な古代ゲルマンの英雄精神が溌剌と描かれているドーナウ河渡河《とか》の場面はカットされている。この映画のクライマックスは、明らかにそのあとフン国で繰り広げられる壮絶な戦いである。

ブルグント族がフン族の国に到着した翌日、アッチラ王はブルグント族の主だった者たちを宴の席に招待する。その席でクリームヒルトが盃を逆さまにしたのを戦いの合図と見て取ったアッチラの弟ブローデルは、戦いの準備を始め、やがて戸外で戦いが始まった。そのことを聞き知ったハーゲンは、王子オルトリープを一刀のもとに刎《は》ねたことにより、両族あげての戦いが始まった。そのあと「ディートリヒのとりなし」（宴の大広間で戦いとなったとき、ディートリヒのとりなしによりエッツェル王とクリームヒルトらがそこから退出できることになったエピソード。『ニーベルンゲンの歌』写本C二〇四七-四八詩節参照）などのエピソードが取り入れられて、ひとまず戦いは大広間の内と外で互いに陣取るかたちとなったが、クリームヒルトは広間の中に残されたフン族がすべてブルグント族に殺されたことを聞き知ると、再度復讐するよう命じて、戦いはさらに激しくなっていった。広間の窓辺から弟ギーゼルヘアが姉の残酷な仕打ちを訴えると、クリームヒルトは「ハーゲン一人を渡せば、そのほかの者たちの命は助けよう」と言う。しかし、ブルグント族は家来一人を犠牲にしてまでも、自分たちの命を守ろうとは思わない。このあたりは古代ゲルマンの共同体精神がよく描かれている。結局のところ、意地と意地のぶつかり合いで、戦いはさらに続けられるばかりである。

このように戦いが果てしなく続けられる中、ベッヒエラーレンの辺境伯リュディガーはクリームヒルト王妃の要求で、広間の中のブルグント族のもとに向かう。彼はもちろん討ち死に覚悟である。リュディガーはやむを得ずに婿ギーゼルヘアを倒してしまうが、彼もそのあとヴォルカーの刃にかかって倒れてしまう。

そのリュディガーの死体が広間の外に運ばれ、クリームヒルトはそれを目にすると、もはや我慢することはできずに、広間に火をつけさせて、ブルグント族をすべて焼き殺そうとする。広間の中のブルグント族は、今や焦熱地獄の中で悶え苦しむ。これではブルグント族が全滅してしまうことを恐れたハーゲンは、一人で広間の外に出て、クリームヒルトに自分の命と引き換えに主君たちの命を助けてもらおうとする。それを見たブルグント族は、一同揃ってそれを拒否する。こちらも古代ゲルマンの英雄たちの共同体精神が最も如実に展開されている場面である。家臣一人を犠牲にして生き延びるよりも、彼らは一同で滅び去ることを選んだのである。

このままでは広間が焼け落ちて、自らの手でハーゲンに復讐することができなくなることを恐れたクリームヒルトは、焦熱地獄の広間の中に使者を送ろうとする。そこでその役を引き受けたのが、ディートリヒである。ディートリヒが広間の炎の中に入り込むと、そこに生き残っていたのはハーゲンとグンター王のみであった。ディートリヒは二人を捕えて、広間の炎の中から外に連れ出した。ハーゲンの姿を目の前にしたクリームヒルトは、ハーゲンに財宝はどこに隠したかと問い質《ただ》す。ハーゲンは「主君が一人でも生きているうちは明かさないと誓った」と言い放つ。原作と同じように、クリームヒルトにグンター王を殺すように仕向けるためであることは言うまでもない。ハーゲンの策略どおり、クリームヒルトはグンター王の首を刎ねさせると、ハーゲンは声高らかに笑う。このあたりは原作どおりのしたたかなハーゲン像が描かれている。怒ったクリームヒルトは両手で剣を振り上げて、ハーゲンを切り倒してしまう。しかし、それを見たディートリヒの武術の師匠ヒルデブラントは、その恐ろしい所業を許すことはできずに、クリームヒルトを成敗してしまう。こうしてブルグント族はすべて滅び去り、アッチラ王はただただ嘆き叫ぶばかりである。これぞニーベルンゲンの災いであり、原作と同じ結末である。

5　第二部『クリームヒルトの復讐』の特徴

以上のように見てくると、物語全体は、多少の相違はあれ、『ニーベルンゲンの歌』とほぼ同じ展開であることが容易に理解できよう。ただクリームヒルトの復讐心がスクリーンの上で執拗なほどに描き出されていて、フン族の国でクリームヒルトが涙さえひた隠しにしていた原作とは著しいコントラストを成す結果となっている。この映画『クリームヒルトの復讐』では明らかに古代ゲルマンの英雄たちの共同体精神が高らかに歌い上げられている。映画制作当時の落ち込んだドイツ国民の心を奮い立たせるのに役立つとともに、五、六世紀の古代ゲルマンの時代から絶えることなく語り継がれてきたニーベルンゲン伝説の貴重な映像作品であると言えよう。

第四節　ウーリー・エデル監督の映画『ニーベルングの指環』

1　映画『ニーベルングの指環』の制作

その後、二十一世紀に入って現代のニーベルンゲン伝承は、ウーリー・エデル監督によって映画化される。映画『ニーベルングの指環』（ドイツ／アメリカ、二〇〇四年）がそれである。最後にこの映画におけるブリュンヒルデを紹介しておこう。

この映画は、題名からも想像できるように、ワーグナーのオペラが大きな影響を与えている。しかし、全体的には『ニーベルンゲンの歌』のあらすじに従って展開している点も多く確認され、二つの作品を混ぜ合わせて、一つの新しい物語に仕上げていると言えよう。

2　映画『ニーベルングの指環』のあらすじ

まずブリュンヒルデは『ニーベルンゲンの歌』と同じようにアイスランドの女王として登場し、決闘で自分に勝った者だけと結婚すると誓っていたが、これまで彼女に勝った男はいないという女豪傑である。しかし、この映画ではその彼女の強さは北欧の神々から授かったものだとされている。

この相手役のジークフリートも『ニーベルンゲンの歌』のようにクサンテンの王子として登場する

が、ブリュンヒルデとの出会いは北欧神話的な要素が強くなっている。すなわち、ブリュンヒルデは、北欧の主神オージン（ヴォータン）のパワーが込められているルーネ文字のお告げがあって、「近いうちに空から炎が降りてきて、そのあとあなたと同じくらい強い男が現れて、その男が戦いであなたを倒すだろう」という占いを、そばに仕えている占い師ハルベラから受ける。

このような占いを受けたとき、ブリュンヒルデはライン河を船に乗って旅していたが、そのライン河の岸辺で一人の鍛冶職人が水を汲んでいるのを目にする。実はその鍛冶職人がクサンテンの王子ジークフリートなのであるが、彼は幼い頃、クサンテンの城がザクセン勢に襲われ、孤児として鍛冶屋エイヴィンに拾われて、記憶を失ったまま、エリックという名前で養育されて、ようやく逞しい若者に成長したのであった。

こうして二人が初めて互いに姿を目にしたその夜のこと、ブリュンヒルデの一行がライン河畔でキャンプを張っていると、空から炎が落ちてきたので、ブリュンヒルデは馬に乗って、その場所に急ぐ。一方、鍛冶職人ジークフリートもその炎が落ちた場所に走っていったので、二人はそこで決闘となる。剣を抜いての戦いののち、ジークフリートが相手を倒して、マントを脱がしてみると、女性であることに気づく。決闘に負けたブリュンヒルデは、「私は初めて負けた。お前は強い。お前と私は出会う運命であった」と言ってから、二人は愛し合う。

抱擁のあと、ジークフリートは「一緒に暮らそう」と言い出すが、それに対してブリュンヒルデは「お前と同様私にも務めがある。女王としてアイスランドで待つことにしよう」と答えてから、二人は永遠の愛を誓い合って別れる。この出来事は夢だったのか、現実だったのか、その場で目覚めたジークフリートは、不思議に思う。目覚めたとき、すでにブリュンヒルデの姿は確かになかったが、しかし、天から炎が落ちてきた跡はそのまま残っていた。

こうしてアイスランドに帰っていったブリュンヒルデは、家臣たちの前で「女王の自分が嫁ぐのは、決闘で自分に勝った男だけだ」と言って、自分に打ち勝つのはただ一人ジークフリートだけだと信じて、彼が求婚に来るのを待ち受ける。しかし、「心ではとても近く感じるが、実際の距離はとても遠い。あとどれくらい待てば会えるのか」と、待ち遠しく思いながら、ひたすら待つだけの日々を過ごすのである。

一方、ジークフリートの方は養父の鍛冶屋エイヴィンに伴われて注文の剣を届けにブルグント国のグンター王のもとに行くが、そこでその国を恐怖に陥れていた竜を退治したあと、ザクセン勢の二人の国王兄弟と戦っている最中に、記憶を取り戻し、クサンテンの王子であると名乗る。これでアイスランドの女王ブリュンヒルデに求婚する機会がめぐってきたと言えるが、しかし、ジークフリートはグンター王の異父兄弟ハーゲンから忘れ薬を飲まされて、ブリュンヒルデに誓った愛のことを忘れて、たちまち目の前にいるグンター王の妹クリームヒルトに惚れ込んでしまう。クリームヒルトを妻にするために、ジークフリートはグンター王がブリュンヒルデへ求婚するのに手助けをするためにアイスランドへ行く。ブリュンヒルデはついにジークフリートが求婚のためにやって来たと思うが、しかし、求婚に来たのはグンター王で、ジークフリートはその家来に過ぎないと言う。こうしてブリュンヒルデは隠れ頭巾でグンターの姿をしたジークフリートと両刃《もろは》の斧で戦うことになるが、この決闘シーンがこの映画の見どころである。激しい決闘が続いて、最後は流れの速い川に浮かぶ氷の上での戦いとなるが、ブリュンヒルデの乗っている氷が前方の滝に落ちかけた瞬間、ジークフリートが手を差し伸べて彼女を助けた。ブリュンヒルデが負けたかたちとなり、彼女はしぶしぶグンター王の妻としてブルグントの国へ嫁いでいくことになる。

しかし、ブリュンヒルデは挙式後、初夜のベッドの上でグンター王の愛撫を拒んだので、グンター王は再度ジークフリートに手助けを頼む。仕方なく引き受けたジークフリートは、再度隠れ頭巾を使ってグンターの姿でブリュンヒルデをベッドの上で押さえつけ、彼女からベルトを奪い取る。ブリュンヒルデの神々から授けられた強い力は、そのベルトに込められていたので、ベルトを奪い取られると、ただの女性でしかない。こうして彼女はその策略によってグンター王の妻となるのである。

ところが、ジークフリートがそのベルトを手にして戻って来たところをクリームヒルトに見つけられてしまい、ジークフリートはすべての秘密をクリームヒルトに話してしまう。翌日、大聖堂の前でどちらが先にその中に入るかをめぐって両王妃の間で口論となったとき、ブリュンヒルデはクリームヒルトからベルトを見せつけられて、ひどい恥辱を受けて、それが、悪漢ハーゲンの企みなどもあって、ジークフリートへの暗殺へと発展していくのである。

ジークフリートはハーゲンの策略で狩りに出かけた森の中で暗殺されて、その遺体が館に運ばれたとき、クリームヒルトが持っていたジークフリートの指環をめぐって、グンター王とハーゲンが兄弟喧嘩をしてしまい、グンター王はあえなく最期を遂げる。男たちが狩りに出かけたあとで、クリームヒルトからベルトを返されて、すべての真実を知ったブリュンヒルデは、そのベルトを締め、神々から授けられた強い力を取り戻して、ハーゲンと戦い、彼の首を刎ねてしまう。やがて船に乗せられたジークフリートの遺体が横たわる薪に火がつけられるが、その薪の後ろから突然ブリュンヒルデが現れ、ジークフリートの剣でもって自分の胸を突き刺して、自害して果てる。この最終場面では、炎の中でのジークフリートとブリュンヒルデの死でもって神々も没落していくことが表現されている。ワーグナーの影響が強い映画であると言うことができよう。

3　この映画におけるブリュンヒルデの特徴

以上がウーリー・エデル監督の映画『ニーベルングの指環』のあらすじであるが、全体は『ニーベルンゲンの歌』とワーグナーのオペラを混ぜ合わせた内容になっていることが理解できよう。とりわけ最終場面は五、六世紀のブリュンヒルト伝説を彷彿《ほうふつ》させるような内容となっている。ブリュンヒルデが神々から強い力を授かっているという点ではワーグナーの影響が読み取られる。全体のあらすじは『ニーベルンゲンの歌』に従いながらも、とりわけブリュンヒルデとジークフリートについては北欧的な伝説をあてはめているような作品である。ブリュンヒルデがアイスランドの女王として登場しながら、北欧の神々に結び付けられているところが、この映画のブリュンヒルデの特徴であると言うことができよう。

第五節　わが国の漫画・アニメ映画

わが国においてもニーベルンゲン伝説を取り扱った作品はいくつかあり、ワーグナーのペーパーオペラ化としてアーサー・ラッカムの絵付きの『指環』四部作（一九八三〜八四年）のほかに、宇神幸男の小説『ニーベルングの城』（一九九二年）も刊行されているが、特に注目すべきは漫画とアニメ映画による伝承である。筆者の手元にある漫画は四作品であるが、いずれもワーグナーの楽劇『ニーベルングの指環』を基盤に据えたものである。以下、その四作品を紹介していくにあたっては、紙媒体で刊行された年代順ではなく、ワーグナーのオペラとの関係でその劇的構成に近い順番にして、特徴などを述べていくことにしたい。その四点の漫画を紹介したあとで、一本のアニメ映画を紹介することにしよう。

1　里中満智子『ニーベルングの指環』（上）（下）

まず最初に紹介するのは、『マンガ ギリシア神話』全八巻をはじめとして数多くの作品を手がけている里中満智子の『ニーベルングの指環』（上、下、二〇〇三年）である。里中満智子は『マンガ名作オペラ』全八巻も出版しており、そのうち最初の二巻がこの作品である。この作品の特徴を一言で言えば、ワーグナーの楽劇『指環』四部作を忠実に漫画化していることである。序夜『ラインの黄金』の全四場から始まって、第一夜『ワルキューレ』、第二夜『ジークフリート』そして第三夜『神々の黄昏』のそれぞれの全三幕を、ワーグナーの長大なオペラの展開に沿って極めて忠実に、漫画として仕上げている。もちろんジークフリートとブリュンヒルデの愛を中心に据えた作品となっているが、たとえば、ワルキューレの妹ヴァルトラウテが神々の世界を救うために、呪いのかかった指環をラインの乙女たちに返してほしいと頼んだとき、ブリュンヒルデは「神々の名声…永遠の安定…それが何なの？愛こそが世界の真実よ。わたしの愛はだれにも奪えないわ」と、一コマの絵の中でこの漫画の世界を表現している。そのあとヴァルトラウテが立ち去ってから、ブリュンヒルデは「形あるものには、終わりがくるわ。この世にもいつか終わりが…でも真実の愛は永遠！愛だけは」と、一人つぶやいている。このような簡潔明瞭な言葉を作品全体にわたって巧みに用いながら、あらすじを展開しているところに、大きな魅力がある。「愛」を特に強調していることが、この漫画の特徴であると言えよう。

なお、『ワルキューレ』が始まる前の「前史」については、ワーグナーにおけるト書きと同じように、間奏として「序夜と第一夜の間」で説明があり、この漫画ではそれに合わせた絵も添えられている。登場人物たちの台詞《セリフ》と絵のほかに、そのような解説を参照しながら読んでいくと、ワーグナーの楽劇『指環』四部作が概観できる仕組みとなっている。ワーグナー・オペラに詳しい人も、また初めての人も大いに楽しむことのできる漫画である。

2　あずみ椋『ニーベルングの指環』(上)(下)

次に紹介するのは、『緋色《あか》い剣《つるぎ》』など北欧の素材を漫画にしているあずみ椋の『ニーベルングの指環』(上、下、一九九六年)である。この漫画もワーグナーの楽劇『指環』四部作の世界を忠実に漫画の世界に移したものである。冒頭では火の神である火焔(ローゲ)がチョークで「ニーベルングの指環」(Der Ring des Nibelungen)と書いてから、「この愚かしくも悲しい神々と人間と侏儒《ニーベルング》族たちの物語」を最初から最後まで眺めていた傍観者として読者に挨拶している。『ワルキューレ』が始まる前の「前史」の部分についても、ローゲがラインの三人の乙女たちにヴォータンとその後のことを語っており、それが漫画でも描かれていて、漫画ならではの効果をあげて読者にも分かりやすくなっている。このようにローゲが、ワーグナーの楽劇で登場しない場面でも、たびたび出てきて、全体の語り役を務め、最後でもこの漫画世界を締め括る重要な役割を果たしている。ローゲがこのような語り手として登場しているのが、この漫画の特徴の一つである。

もう一つ特徴的なのは、ブリュンヒルデもたびたび漫画の中に出てきていることである。たとえば、第三幕においてジークフリートが狩りのあとハーゲンたち狩り仲間に過去の自分の冒険譚を語って聞かせる場面で、ブリュンヒルデがラインの乙女たちに事情を聞いている様子の数コマの絵が挿入されたり、そのあとのジークフリートが記憶を取り戻す場面では、眠るブリュンヒルデの姿が一コマの絵で描かれ、さらにジークフリート暗殺直前に二羽のカラスが飛び立つ場面では、ラインの乙女たちに会いに出かけていたブリュンヒルデが嘆き悲しむ三コマの絵が挿入されている。これなどもオペラでは表現しにくい、漫画ならではの表現である。ブリュンヒルデが特に力を入れて描かれているのが、この漫画での最大の特徴である。作者は「あとがき」の中でこの作品を「一見少女マンガのような作品」と言っているものの、作者もその後で続けているように、大人も大いに楽しめる作品であると評してもよいであろう。

3　池田理代子（原作・脚本・構成）・宮本えりか（絵）『ニーベルンクの指輪』（1〜4）

三番目に紹介するのは、池田理代子原作・脚本・構成で、宮本えりか・絵の『ニーベルンクの指輪』（二〇〇一〜〇二年）である。この作品もワーグナーの楽劇『指環』四部作を基盤に据えた作品であるが、かなり大胆な改作を施した部分も多く、それが大きな特徴となっている。

冒頭の舞台はワーグナーと同じくラインの河底であるが、あらすじはアルベリヒにより黄金が奪い去られてからかなりの歳月が経っての展開となっている。アルベリヒはその黄金から弟ミーメが作った指輪に呪いをかけたのち死んでおり、そのあとヴォータンによって指輪がラインの妖精たち（ローレライ）に戻されたことになっている。

この漫画ではブリュンヒルデはヴォータンと正妻フリッカの間に生まれた娘となっているが、神々の長ヴォータンが人間女性との間に儲けた息子ジークムントとフンディングとの戦いでブリュンヒルデに最初は前者に勝利を与えるよう命じるのは、ワーグナー作品と同じである。

そのあと妻フリッカに説き伏せられて、ヴォータンがフンディングに味方するよう娘に命じるのも、ワーグナーと同じ展開である。しかし、この漫画ではブリュンヒルデが父の命令に背くことには火の神ローゲが関与している。人間に火を与えたことで神々から罰を受けて半人半神の身にされてしまったローゲからブリュンヒルデは、「人間は火でもって武器を造り、戦争を繰り返しているが、人間には神々さえ想像もつかない愛という素晴らしいものがある」ということを聞くのである。ブリュンヒルデは「愛」こそが世界をより素晴らしいものにするということをローゲから聞き知るのである。ブリュンヒルデが父の命令に背いてまでもジークムントに味方することを決意するのも、人間の双子兄妹の愛を目にしたからである。この火の神ローゲが常にブリュンヒルデのそばにいて彼女を見守っていることが、この漫画の特徴の一つである。

もう一つの際立った特徴としては、ラインの河底にヴォータンによって戻されていた黄金の指輪を奪い去る男が現れることである。ミュンヘンに関係のある男のようであるが、一体彼は何者なのか。指輪をラインの黄金から弟ミーメに作らせたアルベリヒは、すでに死んでいるので、アルベリヒではない。男の正体が明かされないまま、また男本人もなぜ自分がここにいるのかも分からないまま、その後のあらすじの展開に深く関わっていくのである。この謎の男の登場がこの漫画での最大の特徴であろう。

4　松本零士『ニーベルングの指環』四部作

最後に紹介する日本の漫画は、『宇宙戦艦ヤマト』などでお馴染みの松本零士の『ニーベルングの指環』四部作である。松本零士は若い頃よりワーグナーの楽劇『指環』四部作の漫画化を構想していたようで、新潮社の雑誌に一九九〇年十月十日号から翌年十一月二十五日号まで連載したが、雑誌の休刊により第一部で終了となった。第一部『ラインの黄金』は一九九二年一月二十五日に単行本として新潮社から刊行された。その後、同じく新潮社の「ＷＥＢ新潮」で一九九七年四月号より連載が再開されたが、第四部で連載が中断された。その間、第二部『ワルキューレ』は一九九八年九月三十日に、第三部『ジークフリート』は一九九九年十二月十日に単行本として同じく刊行された。第四部『神々の黄昏』は「ＷＥＢ新潮」での連載が二〇一〇年に中断されたので、単行本は刊行されていない。そのため『神々の黄昏』の結末については、知ることができない。

この漫画は、ラインの黄金から作られた指環を手にした者は、全宇宙を支配することができるという、松本零士ならではのスケールの大きい壮大なSFファンタジーの超大作である。その指環を作る材料である惑星ラインの黄金がニーベルングの首領アルベリッヒに奪い取られてしまうところから物語が始まる。この漫画の中心には、ワーグナーの楽劇『指環』四部作に登場しないハーロックとトチロー、その二人のそれぞれの父であるグレート・ハーロックとドクター大山という新しい人物たちがいて、その惑星ラインの黄金をめぐって壮大な物語が展開される。この漫画で特徴的なのは、ミーメはアルベリッヒの妹で、「綺麗で優しくて優雅な女性」として登場し、ブリュンヒルデとともに重要な役割を果たしていることである。ブリュンヒルデはワーグナーと同じくワルハラの主神ヴォータンと知恵の女神エルダの娘であり、八人の妹たちとともに天駆けるワルキューレである。最初の第二部では父ヴォータンの命令を果たすことができずに、クリスタルの柩に妹たちと一緒に閉じ込められるが、ミーメによって解放される。最後の第三部ではハーゲン（アルベリッヒとクリームヒルトの間に生まれた息子）によって危機に陥れられたドクター大山製の戦艦デスシャドウ一号艦を救い出すために、自ら煌々《こうこう》と燃え盛る「焔《ほのお》」となって消滅していく。ブリュンヒルデは伝説の英雄ジークフリートの再来者たるグレート・ハーロックのために焔となったのである。ワーグナー『指環』四部作の最終場面を彷彿させて、感動的である。今やヴォータンのワラハラの世界は「黄昏」を待つだけであるが、松本零士の漫画では、このあとの成り行きは未完である。結末は未公開であるが、この松本零士のSFファンタジーによって『ニーベルングの指環』物語が現代の日本において蘇っていることは確かであろう。いつの日か、松本零士の後継者が現れて、この漫画が日本のアニメ映画となってＳＦファンタジーの全貌が公開されるのを期待したい。

5　宮﨑駿監督のアニメ映画『崖の上のポニョ』

わが国でワルキューレやブリュンヒルデの名称を使っている漫画をアニメ映画化したものとしては、いくつか挙げることができるが、それらは本書のテーマからは逸れてしまうので割愛し、以下では宮﨑駿原作・脚本・監督の映画『崖の上のポニョ』（二〇〇八年）を紹介することにしよう。

映画表題にあるポニョとは、人間になりたい魚の子であり、ある町の海辺に聳《そび》え立つ崖の上の家に住む五歳の少年宗助がつけたあだ名である。

ポニョの母は海の女神グランマンマーレであり、父はもともと人間であったが、グランマンマーレと恋に落ちて、人間であることをやめて海の魔法使いフジモトになったという設定である。ポニョはその二人の間に生まれた魚の子であり、たくさんの妹たちとともに平穏に暮らしていたが、成長するにつれて人間界に興味を持ち、宗助の住む町の海岸に近づいたとき、空き瓶に入って出られなくなったところを宗助少年に助けられて、二人は仲良しになった。

自分の魚の子が人間界に入っていったのを見た父フジモトは、その子を海に連れ戻して叱ったときに、「ブリュンヒルデ！」と叫んだので、それがポニョの本名だと分かる。

なんとしても宗助に会いたいポニョは、父が蓄えていた「命の水」で人間の姿になったが、魔法の力をも身につけたので、宗助の住む町に近づくと、その海岸の町は嵐と大波に襲われた。ポニョが大波に乗って町に近づく場面で奏でられるのが、ワーグナー楽劇『ワルキューレ』中の有名な「ワルキューレの騎行」の編曲である。

父フジモトは人間界には破壊の危険があちこちに潜んでいることを知っていたので、自分の子どもの逸脱行為によって人間界が崩壊することを恐れた。そこで海の女神グランマンマーレは自分の子を人間にして魔法の力を無くしてしまうことを考えて、宗助の母リサに会って事情を話す。それによると、ポニョが人間になるにはポニョの本当の姿を知りながらも、「それでいい」と言う男の子が必要であるという。それを聞いた宗助も、母リサも了承したので、ポニョは崖の上の家で宗助たちと一緒に暮らすことになったのである。

今やその町は平穏に戻り、船乗りの宗助の父コウイチも海上の船から手を振っている。これまで車椅子に乗っていたお年寄りたちも、元気よく自分の足で歩くことができるようになった。魚の子から人間の五歳の少女になったポニョは、魔法の力を捨ててしまったので、人間界に平穏な生活と未来への希望をもたらす存在となったことが、最後にほのめかされて、この映画はエンディングとなるのである。

宮崎駿監督のポニョ（ブリュンヒルデ）が、ワーグナーの楽劇『ニーベルングの指環』のブリュンヒルデに由来することは、容易に理解できるが、しかし、ポニョは、ワーグナー作品のように勇ましい戦乙女《いくさおとめ》ではなく、それとは反対に魚から人間に変わった可愛らしい幼い五歳の女の子である。ワーグナーのブリュンヒルデが神の身分を捨てて、人間の女性として英雄ジークフリートとの愛に生きる決意をし、やがて夫殺害という悲劇に晒されるものの、最後には「自己犠牲」によって世界を救済するという役目を果たしているのと同じように、宮崎駿監督のブリュンヒルデ、すなわち、魚から人間に生まれ変わったポニョもまた、危険に晒されている人間界を救い、平穏無事な生活と明るい未来をもたらす役目を果たしている。「崖の上」は灯台の役割を果たして、航行する船の安全を見守るという意味もあるが、それと同時に「高い岩山の上」に住むブリュンヒルデをも意味していると捉えることもできる。ワーグナーのブリュンヒルデ――神の身分を捨てて、人間の女性に生まれ変わって、世界に救いをもたらす女性――が背後に居座っている映画であると言ってもよいであろう。

第六節　今後におけるワーグナー楽劇『指環』四部作の上演

ニーベルンゲン伝説はこのように現代においてもさまざまな芸術形態で伝承され続けているのであ

るが、その中でも最もよく現代にその伝説を伝えているのは、やはりワーグナーの楽劇『ニーベルングの指環』四部作の上演であろう。

このワーグナーの作品は世界各地のオペラ劇場だけではなく、わが国でも最近上演される機会が多くなったことは、周知のとおりである。ワーグナーの楽劇『ニーベルングの指環』四部作は上演されることによって常に新しい芸術作品となりうる。演出いかんによって登場人物たちはさまざまな性格を持った新しい人物像になりうる要素を持ち合わせているのである。この楽劇『指環』四部作のうち第一作目以外にはすべて登場し、しかも重要な役割を果たしているブリュンヒルデもまた、演出によってはそこからさまざまな新しいブリュンヒルデ像が生まれ出てくる。ワーグナーのブリュンヒルデは古代ゲルマン時代から中世・近代を経て現代に至るまで語り継がれてきたそれぞれのキャクラクターをすべて内部に持ち合わせているだけでなく、楽劇上演によっても常に「変容」していく要素を合わせ持っている。その意味でブリュンヒルデはまさに生きている。ブリュンヒルデは常に「変容」する。そこにワーグナーのブリュンヒルデの特徴があり、そこがまた魅力でもある。今後においても時代の変遷に伴って、その時代に沿った演出家独自の演出によって、新しいジークフリート像とともにブリュンヒルデ像も作り出されていくことであろう。その意味ではブリュンヒルデは未来にも生き続ける魅力に満ちあふれた人物であり、「未来の舞台芸術を救う」人物であるとも言える。今後ともさまざまに「変容」していくブリュンヒルデに出会うことを楽しみにしたいものである。

おわりに

以上のように見てくると、ニーベルンゲン伝説は、古代ゲルマン時代から中世・近代を経て現代に至るまで、歌謡、叙事詩、戯曲、オペラ、小説、絵画、映画、さらに現代においてはわが国でも漫画やアニメ映画といった、ありとあらゆる芸術形態で語り継がれていることが分かるであろう。そのニーベルンゲン伝説の中でもブリュンヒルトあるいはブリュンヒルデは、英雄ジークフリートとともに重要な人物として、古代ゲルマン時代の原型から中世を経て、近代および現代に至るまで語り継がれており、しかもそれぞれの時代のそれぞれの作品の中で多様に変化を遂げて語り継がれていることが理解できよう。ここでブリュンヒルトあるいはブリュンヒルデに焦点を合わせて、その変容を以下にまとめて本書を締め括ることにしよう。

まずブリュンヒルト伝説は五、六世紀のゲルマン民族大移動の時代にライン河畔フランケンの領土で歌謡の形式で生まれて、それが九世紀初め以降にヴァイキング等によって北欧に語り継がれて、その北欧の地で新たに北欧神話と結び付けられたブリュンヒルト像が作り出されていく。北欧の主神オージン(ヴォータン)に結び付けられているところが特徴である。『歌謡エッダ』やスノリの『散文エッダ』そして『ヴォルスンガ・サガ』等によって代表されるこの北欧第一次伝承では、ブリュンヒルトは竜退治の英雄シグルズ(ジークフリート)に想いを寄せるとともに、そのシグルズと結ばれるグズルーン(クリームヒルト)に嫉妬を覚え、やがては両王妃口論においてひどい恥辱を受けて、この嫉妬や恥辱が復讐を呼び起こして、ジークフリート暗殺の原因となっているところが特徴である。とりわけ『歌謡エッダ』ではブリュンヒルトは「災い」をもたらす女性として描かれていると言える。

この北欧第一次伝承に対して、その後ドイツで新たに発展した伝説がハンザ商人たちを介して北欧のノルウェーに伝えられて、一二五〇年頃に説話集としてまとめられた第二次伝承の『ティードレクス・サガ』においては、ブリュンヒルトに代わってクリームヒルトが中心人物となっている。ブリュンヒルトは北欧の神々とまったく関係づけられることもなく、名馬グラーネの所有者となっているものの、単にジークフリート暗殺の原因となる両王妃口論を始めるために登場しているに過ぎない。

ライン河畔の伝説が東方に伝承されて、十三世紀初頭に現在のオーストリアのドーナウ地方でドイツ中世英雄叙事詩として成立した『ニーベルンゲンの歌』は、その『ティードレクス・サガ』に近い内容となっている。ブリュンヒルトはアイスランドの女王として登場しているものの、脇役に過ぎず、作品全体のあらすじを動かすのはクリームヒルトになっている。しかし、前編のブリュンヒルトは確かに後編では登場しないものの、後編のクリームヒルトと対を成す役割を果たしている。クリームヒルトが「愛」を表していれば、ブリュンヒルトは「権力」を表している。そのクリームヒルトの英雄ジークフリートに対する「愛」は、ブリュンヒルトや兄グンター王や家臣ハーゲンの「権力」と対立して、前編と後編とが整然とした「愛」と「権力」の対立の二重構造を示している。「愛」と「権力」のモチーフが作品全体にわたって対立しながら、悲劇が展開していく、すばらしい作品構造を見せているのである。

このドイツ中世英雄叙事詩『ニーベルンゲンの歌』以後においては、ジークフリートが悪竜に誘拐された美女クリームヒルトを救い出すという内容の物語となり、ブリュンヒルトは名前すら見せずに、長い間、忘れられた存在であった。

そのブリュンヒルトが再び脚光を浴びるのは、十九世紀になってからで、ド・ラ・モット・フケーやエルンスト・ラウパッハによって戯曲のかたちでブリュンヒルト像が近代に蘇った。とりわけフリードリヒ・ヘッベルにおいてはブリュンヒルトはジークフリートとともに北欧神話的な人物として取り扱われて、見事な復活を遂げている。

ヘッベルがその『ニーベルンゲン』三部作を書いている頃、リヒャルト・ワーグナーも楽劇『ニーベルングの指環』四部作の制作に取り掛かっているが、ワーグナーではブリュンヒルデはジークフリートとともに北欧の主神ヴォータンと結び付けられている。その点では素材に用いた北欧第一次伝承の『歌謡エッダ』や『ヴォルスンガ・サガ』と同じであるが、しかし、その素材ではブリュンヒルトは嫉妬深く、恥辱を受けて、その復讐のために「災い」をもたらす女性として描かれていた。これに対して、ワーグナーでは北欧の主神ヴォータンと知恵の女神エルダとの間に生まれた娘として母性的な愛でもってジークフリートの成長を見守り、長い眠りから目覚めてジークフリートの愛を受け入れて、人間女性として愛に生きる決意をする。ワーグナーではこのようにブリュンヒルデはさまざまに変化していく人物として描かれていて、しかもそれまで語り継がれてきたすべてのキャラクターを内部に持ち合わせているところに、大きな特徴がある。

さらにはワーグナーに最も特有なキャラクター像としては、世界を救う人物となっていることである。すなわち、ブリュンヒルデは、その後、ハーゲンの策略によってひどい恥辱を受けてジークフリートに復讐を謀るものの、最終的には世界に「救い」をもたらす女性として描かれているのである。ジークフリートのあとを追って殉死するブリュンヒルデの「永遠に女性的なるもの」によって世界が救済されることが表現されているところに、北欧の素材とは異なるワーグナーの特異性が見出されるとともに、大きな魅力があると言えるのである。

このワーグナーによってブリュンヒルデは神々の「権力の世界」に代わって人間の「愛の世界」を築き上げる聖なる女性に高められているのであるが、それを如実に表現しているのが、二十一世紀に入って制作されたウーリー・エデル監督の映画『ニーベルングの指環』(二〇〇四年)である。この映画でも、ブリュンヒルデはアイスランドの女王として登場するものの、その強い力は北欧の神々から授けられたもので、神々のお告げに従ってジークフリートの求愛を待ち受ける女性として描かれている。北欧のエッダ・サガのような魔性的な性質はどこにも見られず、ひたすら運命的なジークフリートの愛を待ち続けるアイスランドの女王として登場しているが、それだけにジークフリートによって裏切られたときに感じる屈辱は大きく、それがジークフリートへの復讐行為へとつながっていく。しかし、クリームヒルトから真相を知ったブリュンヒルデは、ジークフリートの遺体を焼く薪の炎の中で自害して果てる。そこにはブリュンヒルデのジークフリートへの運命的な愛が読み取られる。ブリュンヒルデが神々から与えられた運命的なジークフリートへの愛を貫き通しているところに、この映画のブリュンヒルデ像の特徴があると言えよう。

以上のように見てくると、ブリュンヒルトがさまざまな変化を遂げながら語り継がれていることが明らかであるが、このようなさまざまな変化を遂げるブリュンヒルデの系譜を全体から眺めてみると、ブリュンヒルデ像の特徴は大きく二つに分けることができる。一つは北欧神話的な要素を多分に受けて、北欧の神々と関連づけられているもので、もう一つは北欧神話とは関係なく、ドイツの伝説と結び付けられているものである。ワーグナーのブリュンヒルデ像はそのうちの前者の方で、北欧神話的な要素が強くなっているが、しかし、素材のエッダ・サガのように「災い」をもたらす女性ではなく、逆に世界に「救い」をもたらす女性として描かれているところに特異性がある。ワーグナーのブリュンヒルデはその「自己犠牲」によって世界に救済をもたらす「永遠に女性的なるもの」の象徴なのである。しかもワーグナーの楽劇『指環』四部作は上演されるたびに新しいブリュンヒルデ像が生まれてくる要素をも持ち合わせている。その意味においてもブリュンヒルデは常に「変容」する。その「変容」にこそワーグナーのブリュンヒルデ像の特徴とともに、未来にも生き続けるブリュンヒルデ像の大きな魅力があると結論づけることができよう。

あとがき

筆者はニーベルンゲン伝説の研究に携わってからもう五十年以上にもなる。ドイツ中世英雄叙事詩『ニーベルンゲンの歌』を中心にして、中世以降のニーベルンゲン伝説作品にも触れて、ニーベルンゲン伝説の系譜を研究してきた。その関係で当然のことながらワーグナーの楽劇『ニーベルングの指環』四部作にも取り組み、『ニーベルンゲンの歌』とワーグナーの『指環』を中心としたニーベルンゲン伝説の系譜研究は、筆者のライフワークとなっている。

ニーベルンゲン伝説の主人公の中でも英雄ジークフリートについては、そしてそれに伴ってその妻クリームヒルトについては、これまで所属大学の紀要論文をはじめ、数冊の著書の中でも、また数回の講演の中でも述べてきたが、この二人の相手役ブリュンヒルトあるいはブリュンヒルデについてはまだ十分に言及しているとは言えない。二〇一六年三月に日本ワーグナー協会関西支部の例会で「ニーベルンゲン伝説におけるブリュンヒルデ像の変遷」というテーマで講演しただけである。そのときの講演原稿に加筆修正を加えて、同年十二月発行の徳島大学総合科学部紀要「言語文化研究」第二十四号に掲載したのであるが、その紀要論文がきっかけとなってこのたびブリュンヒルデに焦点をあてた本書を出版する機会に恵まれた。紀要論文を書き終えた段階で、いずれは「ブリュンヒルデ像の変遷」に関する著書にしたいと願っていたので、このたびその夢が叶ったことは望外の喜びである。

五十年以上にわたってニーベルンゲン伝説の主人公ジークフリートとその妻クリームヒルトを中心にして書いてきた著書・論文・講演原稿を、この二人の相手役ブリュンヒルデと関連させながら、読み返してみると、初めてブリュンヒルトあるいはブリュンヒルデが想像もしなかったほどに重要な役割を果たしていることに気がついた。とりわけワーグナーの楽劇『ニーベルングの指環』四部作においてはブリュンヒルデが必要不可欠な人物であり、四部作全体がブリュンヒルデに関わっていることを確信するに至った。しかもワーグナーのブリュンヒルデは、その系譜を辿っているうちに、「おわりに」にもまとめたように、古代ゲルマンの原型から北欧への伝承のみならず、ドイツの中世・近代を経て現代に至るまでの多くの作品の中でさまざまに変化したキャラクターをすべて網羅していることを再認識することができた。まさにその「ブリュンヒルデの変容」にこそワーグナーのブリュンヒルデの特質があり、魅力があることに確信を持ったことが、本書の一番の収穫である。

ワーグナーの楽劇『ニーベルングの指環』四部作は、ニーベルンゲン伝説の系譜の中でも、文字による作品とは異なって、上演される作品である点で特異性を有する。本書で紹介した戯曲もその点では同じであるが、しかし、それらの戯曲は現在上演される機会が少なくなっている。それに比べると、ワーグナーの楽劇はバイロイト祝祭劇場で毎年のように上演されるのをはじめとして、世界各地のオペラ劇場でひんぱんに上演されている人気作品であることは、周知のとおりである。わが国においても一九九七年に東京・初台に新国立劇場が出来て以来、繰り返し上演されてきた。二〇〇一年から〇四年には一年ごとにキース・ウォーナー演出の楽劇『指環』四部作が上演され、そのキース・ウォーナー演出の四部作は二〇〇九年と一〇年に二作品ずつ再演された。また二〇一五年から一七年には評判の高かったゲッツ・フリードリヒ演出の『指環』四部作が日本の新国立劇場でも再演された。滋賀県大津市のびわ湖ホールでも二〇一七年から二〇年まで一年に一作品ずつ「びわ湖ホールプロデュースオペラ」新制作としてミヒャエル・ハンペ演出の『指環』四部作が上演されたことは、まだ記憶に新しい。ただし、二〇二〇年の『神々の黄昏』だけはコロナ感染予防のため YouTube 配信によるものであったが、それを鑑賞していると、厳しい環境の中でもスタッフをはじめ歌手や演奏者たちのこの上演に対する熱意がひしひしと感ぜられて、劇場での感動に劣らないほどの感動を覚えた。熱意と工夫があれば、コロナ禍でも上演が可能なことにこれまでにないような感動を覚えたのである。まことにすばらしい上演であった。のちにはそのＤＶＤも制作され、いつでも鑑賞できるので、とてもありがたく思う。このびわ湖ホール上演と併行するかたちで二〇一六年から一九年まで、演奏会形式の『指環』四部作ではあったが、名古屋でも愛知交響楽団によって取り上げられた。演奏会形式とは言え、背景のスクリーンには関連のある有益な映像が映し出されて、大いに楽しむことができた。今後とも日本においてもワーグナーの『指環』四部作は繰り返し取り上げられて、そのたびに新しいジークフリート像とともに新しいブリュンヒルデ像も創り出されていくものと思う。今後とも上演の機会がさらに多くなることを期待している。その上演の際に、本書の「ブリュンヒルデ像の変遷」がワーグナー・オペラの理解に少しでもお役に立つことができれば幸いである。

最後になったが、筆者の長年の夢であった「ブリュンヒルデの変容」というテーマに関する本書を出版する機会を与えてくださった教育評論社の市川舞氏には、企画から執筆・校正の段階でいろいろとお世話になった。厚く御礼申し上げる。

二〇二四年八月

石川　栄作

参考文献・資料

一　北欧のエッダ・サガ関係

谷口幸男訳『エッダ——古代北欧歌謡集』新潮社　一九七三年
谷口幸男『エッダとサガ——北欧古典への案内』新潮社　一九七六年
菅原邦城訳『ゲルマン北欧の英雄伝説——ヴォルスンガ・サガ』東海大学出版会　一九七九年
山室静『北欧文学の世界』東海大学出版会　一九六九年
山室静『サガとエッダの世界——アイスランドの歴史と文化——』社会思想社　一九八二年
石川栄作「スノリにおけるニーベルンゲン伝説」徳島大学総合科学部「言語文化研究」第七巻 二〇〇〇年
Fine Erichsen（Ubertragen）: *Die Geschichte Thidreks von Bern* (Thule 22.Band) Eugen Diederichs Verlag in Jena 1924.
石川栄作・野内清香「『ティードレクス・サガ』における英雄ジグルトの物語」徳島大学総合科学部「言語文化研究」第十二巻 二〇〇五年

石川栄作・野内清香「『ティードレクス・サガ』におけるグリームヒルトの復讐」徳島大学総合科学部「言語文化研究」第十三巻 二〇〇五年
石川栄作編訳『ジークフリート伝説集』同学社 二〇一四年

二 ドイツ中世英雄叙事詩『ニーベルンゲンの歌』関係

Andreas Heusler: *Nibelungensage und Nibelungenlied.* Druck und Verlag von Fr.Wilh.Ruttfus Dortmund 1921.
W・ハンゼン（金井栄一・小林俊明訳）『「ニーベルンゲンの歌」の英雄たち』河出書房新社 一九九六年
相良守峯訳『ニーベルンゲンの歌』前編・後編 岩波書店（岩波文庫）一九五五年
石川栄作訳『ニーベルンゲンの歌』前編・後編 筑摩書房（ちくま文庫）二〇一一年
石川栄作「ニーベルンゲン伝説と『ニーベルンゲンの歌』」徳島大学教養部紀要「外国語・外国文学」第一巻 一九九〇年
石川栄作『『ニーベルンゲンの歌』――構成と内容』郁文堂 一九九二年
石川栄作『『ニーベルンゲンの歌』を読む』講談社学術文庫 二〇〇一年

三 ワーグナー楽劇『ニーベルングの指環』四部作関係

ワーグナー（三光長治・高辻知義・三宅幸夫・山崎太郎編訳）『ラインの黄金』『ヴァルキューレ』白水社 一九九二年、一九九三年

ワーグナー（三光長治・高辻知義・三宅幸夫編訳）『ジークフリート』『神々の黄昏』白水社　一九九四年、一九九六年
ワーグナー（高辻知義訳）『ニーベルングの指環』（上）序夜『ラインの黄金』第一日『ヴァルキューレ』音楽友之社　二〇〇二年
ワーグナー（高辻知義訳）『ニーベルングの指環』（下）第二日『ジークフリート』第三日『神々の黄昏』音楽友之社　二〇〇二年
石川栄作『ジークフリート伝説――ワーグナー『指環』の源流』講談社学術文庫　二〇〇四年
石川栄作「ニーベルンゲン伝説におけるブリュンヒルデ像の変遷」徳島大学総合科学部「言語文化研究」第二十四巻二〇一六年
石川栄作　ワーグナー楽劇『ニーベルングの指環』四部作の解説（徳島大学附属図書館メールマガジン「すだち」第七十八号〜八十一号）二〇一一年

四　近代のニーベルンゲン伝承関係

Ernst Raupach: *Der Nibelungen-Hort.* Hoffmann und Campe Hamburg 1834.
ヘッベル（関口存男訳）『ニーベルンゲン』清華書院　一九二一年（復刊三修社一九九四年）
石川栄作「ド・ラ・モット・フケー作『大蛇殺しのジグルト』」徳島大学総合科学部「言語文化研究」第六巻　一九九九年

石川栄作　「エルンスト・ラウパッハの戯曲『ニーベルンゲンの財宝』」徳島大学総合科学部「言語文化研究」第九巻　二〇〇二年
石川栄作　「ヘッベルの悲劇『ニーベルンゲン』三部作」　徳島大学総合科学部「言語文化研究」第八巻　二〇〇一年

五　現代におけるニーベルンゲン伝承関係

Paul Ernst: *Brunhild*. Leipzig 1909.
ヘルマン・ヘンドリッヒの絵画（十二枚）ニーベルンゲン・ホール　一九一三年
宇神幸男『ニーベルングの城』講談社　一九九二年
ワーグナー（寺山修司訳、アーサー・ラッカム絵）『ラインの黄金』新書館　一九八三年（ペーパーオペラ化）
ワーグナー（高橋康也・高橋迪訳、アーサー・ラッカム絵）『ワルキューレ』『ジークフリート』『神々の黄昏』新書館　一九八四年（ペーパーオペラ化）
フリッツ・ラング監督映画『ニーベルンゲン』二部作（第一部『ジークフリート』、第二部『クリームヒルトの復讐』）（一九二四年）ＤＶＤおよびビデオテープ
ウーリー・エデル監督映画『ニーベルングの指環』（二〇〇四年）ＤＶＤ
石川栄作　フリッツ・ラング監督の映画『ニーベルンゲン』二部作の解説（徳島大学附属図書館メールマガジン「すだち」第五十七号～五十八号）二〇〇九年

石川栄作　ウーリー・エデル監督の映画『ニーベルングの指環』の解説（徳島大学附属図書館メールマガジン「すだち」第五十九号）二〇〇九年
里中満智子『ニーベルングの指環』（上）（下）中央公論新社　二〇〇三年
あずみ椋『ニーベルングの指環』（上）（下）角川文庫　一九九六年
池田理代子（原作・脚本・構成）・宮本えりか（絵）『ニーベルンクの指輪』（１～４）集英社　二〇〇一～二〇〇二年
松本零士『ニーベルングの指環』（第一部『ラインの黄金』、第二部『ワルキューレ』、第三部『ジークフリート』）新潮社　一九九二～一九九九年
宮崎駿監督のアニメ映画『崖の上のポニョ』スタジオジブリ制作　二〇〇八年

図版出典

４５頁　Wikimedia Commons/ Berig/ CC BY-SA 3.0
７２頁　Wikimedia Commons/ Classical Numismatic Group, Inc. http://www.cngcoins.com/ CC BY-SA 2.5
２０１頁　Wikimedia Commons/ Al-bigtwin/ CC BY-SA 4.0
口絵１～３、本文１２４、１５７、１６３、１８２、２０８頁　写真提供ユニフォトプレス

索　引

・以下では、本文中の主要な作品名、地名、人名等を示す。
・頻出するブリュンヒルデ（ブリュンヒルトなど他の表記も含む）は除外する。

【事項・地名】

ア行

カ行

サ行

タ行

ナ行

ハ行

マ行

ヤ行

ラ行

【人名】

カ行

サ行

タ行

ナ行

ハ行

マ行

ラ行

ワ行

石川栄作（いしかわ　えいさく）
1951年高知県生まれ。福岡大学人文学部独語学科卒業、九州大学大学院文学研究科（独文学専攻）修士課程修了。文学博士（九州大学）。専門分野はドイツ中世文学とワーグナー。1978年より徳島大学にドイツ語教員として勤務、2017年に定年退職。名誉教授。2018年より4年間放送大学徳島学習センター所長を務めた。
主な著書に『『ニーベルンゲンの歌』を読む』『ジークフリート伝説――ワーグナー『指環』の源流』（講談社学術文庫）、『トリスタン伝説とワーグナー』『人間ベートーヴェン――病と恋愛にみる不屈の精神』（平凡社新書）、訳書に『ニーベルンゲンの歌 前編・後編』（ちくま文庫）、『ジークフリート伝説集』（編訳、同学社）などがある。

ブリュンヒルデ――伝説の系譜

2024年12月1日　初版第1刷発行

著　者　石川栄作
発行者　阿部黄瀬
発行所　株式会社　教育評論社
〒103-0027
東京都中央区日本橋3-9-1
日本橋三丁目スクエア
TEL 03-3241-3485
FAX 03-3241-3486
https://www.kyohyo.co.jp
印刷製本　萩原印刷株式会社

ISBN 978-4-86624-109-8